文春文庫

陰陽師 0

原作・夢枕 獏
映画脚本・佐藤嗣麻子

文藝春秋

陰《おん》陽《みょう》師《じ》0《ZERO》

登場人物紹介

安倍晴明《あべのせいめい》
陰陽寮の学生。賀茂忠行の弟子として陰陽寮に入る。
周囲からはキツネの子と噂されている。

源博雅《みなもとのひろまさ》
醍醐天皇の孫で、中務大輔《なかつかさのたいふ》。
「管弦といえば博雅」と言われるほどの雅楽の名手。

徽子女王《よしこじょおう》
伊勢の斎宮として神に奉仕していたが、
任を終えて京に戻ってきた。博雅の従姉妹。

平郡貞文《へぐりのさだふみ》　陰陽寮の学生で、四十五歳。得業生《とくごうしょう》を目指している。

橘泰家《たちばなのやすいえ》　得業生として、陰陽寮の学生の頂点に立つ。

丈部兼茂《はせつかべのかねしげ》　陰陽寮の学生。

佐伯義忠《さえきのよしただ》　陰陽寮の学生。

帝《みかど》　醍醐天皇の第十四皇子。博雅から龍笛を教わっている。

賀茂忠行《かものただゆき》　陰陽博士。幼くして両親を亡くした晴明を引き取り、育てた。

惟宗是邦《これむねのこれくに》　天文博士。派手な風采で、自信家。

藤原義輔《ふじわらのよしすけ》　陰陽寮の頂点に立つ陰陽頭《おんみょうのかみ》。蔵人所陰陽師（帝の陰陽師）に一番近いとされる。

本書は「陰陽師」シリーズ（夢枕獏著、文藝春秋刊）を原作とした映画『陰陽師０』のノベライズ作品で、文春文庫オリジナルです。

脚本：佐藤嗣麻子
ノベライズ：前川奈緒

ＤＴＰ制作：エヴリ・シンク

空は重い雲に覆われ、あたりは薄暗い。空からは赤い火が絶え間なく降り注いでいる。

この世の終わりのような光景だ。

少しの音も、匂いも感じられない。

しかし、ここが川のほとりだということはわかる。

いや、わかるのではない。知っているのだ。

川を見下ろす堤に、男の黒々とした影が見える。降り注ぐ赤い火の中に立つその姿は、人の形ながら、どこか人ならざる者のようだ。

(あなたは今、夜ごとの夢の中にいます)

頭に、穏やかな声が響く。ぼうっと霞《かす》んでいた意識が少しずつはっきりとしてくる。

(その夢は過去の記憶です。何が見えますか)

そう声にうながされ、男の影に向けていた目を、足元に向ける。

足元には土の山が見える。いかにも掘り返されたばかりと見える黒々とした土の山だ。

土には細身の刀が無造作に突き立てられている。

何より強烈に目を引くのは血の気の失せた人の手だった。土の中から、ほっそりとした手とがっしりとした大きな手が突き出ている。ほっそりとした手には白い人形がしっかりと握られていた。簡素な赤子をかたどったような人形だ。形代《かたしろ》のようにも見える。

胸に強い痛みを感じた。えぐられるような痛み。自然と強く握った手の中で、爪が深く食い込む。

じいっと目を凝らしていると、不意に目の前に気配を感じた。

一瞬のうちに飛んできたかのように、男が眼前に現れた。刀を振りかざしている。間近にいるのに影のようで顔は見えない。

堤にいた男なのか。突き立ててあった刀なのか。

考える間もなく、肩口から大きく切り付けられた。

血しぶきが飛ぶ。

すべては一瞬の間だ。

次の瞬間、安倍晴明《あべのせいめい》は目を開けた。

そこはもう川のほとりではない。

流れる血も痛みもまったくない。

ただ、確かに切られたというような、体の記憶だけがあった。

1

平安時代。闇が闇として残っていた時代。人々の何割かは、目に見えないものの存在を確実に信じていた。

鬼ももののけも遠い森や山の奥ではなく、人と同じ都の暗がりの中に、時には同じ屋根の下に息をひそめて一緒に住んでいたのがこの時代である。

何もないところをじっと見つめていた赤子が不意に笑い出せば、人々は目に見えぬ鬼の存在を感じた。害のない小鬼たちが、楽し気に踊っているのだろうと。

闇が濃くなる真夜中は、人でないものたちの時間だ。

どんな不可思議なことも、まま起こりうる。

ある夜のことだ。東三条の屋敷に、ぽーんという琴の音が響いた。

寝静まった真夜中、誰が弾くはずもない。しかし、音ははっきりと鳴っている。

その不可思議な琴の音で、徽子女王《よしこじょおう》は目を覚ました。

まだ夜明けまでには時間があるのだろう。香が焚《た》かれた部屋は一寸先も見えないほどの暗闇に包まれていた。徽子はゆっくりと身を起こす。耳を澄ませていると、また音が鳴った。

徽子はそっと単衣《ひとえ》を羽織ると、暗闇の中、音を頼りに歩き出した。

不思議と怖くはなかった。

どこか切なげな余韻を残して消えるその音色を、彼女はよく知っている。毎日のように彼女が奏でている琴の音だ。間違えるはずがない。自分の琴を誰が、いや、何が鳴らしているのか、知りたかった。

音は屋敷中に響いている。しかし、その音を聞きつけた女房たちがやってくる様子もない。そもそも人の気配が感じられない。

音に導かれるように、徽子は縁側を進む。音はその先の塗籠《ぬりごめ》から鳴っている。塗籠とは御簾《みす》や障子で仕切られることの多い屋敷の中で、壁で囲われた部屋のことをいう。真っ暗な屋敷の中でも特に濃く、深い闇に覆われた部屋だ。しかし、今その部屋からは、淡い光がこぼれ出ていた。誘うように少し開いた扉を、徽子はそっと開く。

部屋の中には琴だけがあった。淡い光に包まれ、怪しく浮かび上がっている。弦がひとりでに震えて、音を鳴らす。徽子は思わず弦に手を伸ばした。

もう少しで触れようというときに、音を立てて弦が切れた。

徽子は思わずへたり込む。次の瞬間、琴を包み込んでいた光はわっと散り、一筋の光になって、空へと消えていった。

安倍晴明ははっと大きく目を見開いた。

切り付けられたような感覚は残っているが、痛みなどは少しもない。もちろん血も流れていない。遅れて強い香の香りがした。真言宗の寺にいる自分を、晴明は一瞬のうちに取り戻した。

「見えましたか」

正面に座った僧から静かに問われる。真言宗の僧・寛朝《かんちょう》だ。

「両親を殺した男の顔は」

「……いいえ」

「見ているはずですよね？　それを思い出せないのは……」

「私の心が邪魔をしているのです」

晴明は寛朝の目をまっすぐに見て答えた。どこかひやりとさせられるような、表情のない無機質な目を、寛朝は穏やかに受け止める。

「そう。恨みや、恐怖などという心を捨てて、事実のみを見るのです。そうすれば、いずれ、見えるはずです」

それは、晴明にもわかっていた。わかっているはずなのに、どれだけ夢に潜っても男の顔は影のままだ。

寛朝のもとに通うようになってもうしばらく経つ。晴明は寛朝の立会いの下、過去の記憶を何度も何度もなぞり続けていた。強く香を焚き、催眠《さいみん》状態となって、夢の世界にとびこむのだ。

最初はひとりでとぶつもりでいたが、戻ってこられなくなったらどうするときつく止められた。止めたのは師である賀茂忠行《かものただゆき》だ。人の言葉などほとんど聞き流している晴明だが、両親を亡くした晴明を引き取り、何かと面倒を見てくれた忠行の言葉は流石《さすが》に無視できない。夢から現実へと引き戻す力を持つ寛朝を紹介され、寺へと通うようになった。

しかし、何度夢に潜っても、男の顔は判然としなかった。黒い影のままだった。いい加減、焦《じ》れてくる。しかも原因は自分の心なのだ。

事実のみを見るというのは、晴明にとってもう習いとなっている。

しかし、自分のこととなると、こんなにもままならないとは……。

そんな心の内を微塵《みじん》も滲《にじ》ませることなく、晴明は寛朝の部屋を辞すると、寺の廊下を滑るように進む。

「キツネの子がおるのか？」

「はい、今、寛朝さまのもとに……」

前の方からいかにも公達《きんだち》らしい、気取った甲高い声が聞こえてくる。それに応える僧侶の声も。

面倒だなと思いつつも、晴明は表情一つ変えず、声のする方へと歩いていく。あいにく、帰る道は一つしかない。

公達は三人いた。道をふさぐようにしていた公達は、晴明に気づくなり、興奮気味に問いかける。

「おぬしが、陰陽寮《おんみょうりょう》のキツネの子か」

晴明は返事もせず、すました顔で歩き続ける。陰陽寮の学生《がくしょう》という身分ではあるが、キツネの子ではないのだから、返事をするいわれもない。

「キツネの子ならば、呪術も得意じゃろう」

「例えば人を殺《あや》めることなども出来るのか？」

追いすがりながら、公達たちは口々に尋ねてくる。

キツネの子と最初に言われたのはいつだったか。すっかり言われ慣れてしまった。しかし、血の気を失った両親の手が脳裏に鮮明に残っている今、その言葉が妙にひっかかる。

「できるのか？　できないのか？」

公達がしつこく問いかける。

「できぬのか?」

晴明は足を止めた。

「できるかできないかということであれば……試しますか?」

くるりと振り返る。そして、静かに尋ねた。

「どなたかで」

濃紺の装束《しょうぞく》をまとったすらりとした長身に、どこかこの世ならざるもののような透けるほど白い肌。涼やかな目元と紅を含んだような唇。初めて正面から見る晴明の姿に、公達は気圧《けお》されたように一様に後じさった。自分が殺されてはたまらぬと、あからさまに目をそらす。

「いやいや、試せということでは……」

慌てて僧侶が割って入った。誤魔化すような笑いを浮かべている。

晴明は小さくため息をついた。このまま黙って立ち去ろうと思ったが、公達の一人がぱちんと扇を打ち鳴らした。いいことを思いついたとにやついている。

「人ではなく、別のもので試すのは?」

「それは面白い」

懲《こ》りない公達たちはまた勝手に盛り上がりだした。

「あそこに蟇《ひき》が一匹おるが、あれを呪術で殺せるか？」

一人の公達が扇子で示した先には、一匹のヒキガエルがいた。石の上で、じっと休んでいる。

「蟇なら人ではない故、殺してもよいのでは？」

公達は笑って頷きあう。先程までのひきつった顔が嘘のように面白がっている。

「寺の中で、なかなか物騒な話を……」

晴明は呆れを隠すこともなく言う。しかし、僧侶は公達におもねるように薄笑いを浮かべると、「よいではありませんか」と晴明を促した。

「所詮は座興《ざきょう》」

「そうですか。あなたがそういうのであれば」

晴明は庭の紅葉の枝を手繰《たぐ》り、青々とした一枚の葉を摘み取った。

不意に視線を感じて、目を向ける。

ぱちっと音を立てたように、視線がぶつかった。中庭を挟んだ向かいの廊下に、若い男が立っている。相当高い身分の公達だろう。立派な袍《ほう》をまとっているのが遠目にもわかる。冠《かんむり》には深藍《こきらん》の袍に合わせたのか、青い朝顔の花が飾られていた。

いかにも気取った洒落者《しゃれもの》という雰囲気のその男は、先導する僧侶たちが控えめに促しているのにも気づかず、まるで魅入られたかのようにこちらを見ている。

まあ、観客が一人増えたところで変わらぬか。

晴明は男を見ながら、口を開いた。

「呪術を使えば、このような葉を一枚載せるだけで、殺すこともできる」

取り巻く公達たちが、ごくりと唾をのんだ。

晴明は指先につまんだ紅葉の葉を、唇に触れるほどに近づける。そして、小さな、しかし深く響く声で呪《しゅ》を唱えた。

「太陰化生水位之精」

人差し指と中指をぴんと伸ばし、葉をはじくように送り出す。

葉はゆっくりと宙を滑るように、進んでいく。その様《さま》を皆、吸い寄せられるように目で追った。

紅葉の葉は、あらかじめ決められていたかのように、ヒキガエルの方へと向かっていく。そして、ひらりとヒキガエルの上に舞い落ちた。

その瞬間。ぱんと乾いた音とともに、血肉が四散した。ヒキガエルの姿は跡形もない。石の上には、小さな血だまりと紅葉の葉が残っているだけだ。

公達たちはひいい、とか細い悲鳴を上げた。蒼白になって、慄《おのの》いている。

遠くで見ていた若い公達もまた、顔を強張《こわば》らせたまま固まっていた。

「いやいや、なんとも」

軽い気持ちで、晴明を促した僧侶も真っ青になっている。

「蟇も寛朝さまの読経を毎日聞いていたことでしょう。いつの間にか霊力を得て、皆さまのうちのどなたかに、仕返しを……ということもありえましょうぞ」

晴明はもったいぶった口調で告げた。途端に、公達たちだけでなく、僧侶までもが恐慌状態になって、自分が言い出したのではないと、互いに罪を押し付けあう。

公達たちの悲鳴のようなやり取りを背中で聞きながら、これもまた一つの呪だな、と晴明は思う。仕返しされるという暗示。これで少しは懲りて、放っておいてくれればいいのだが。

ふと、先ほどの若い公達に目をやる。公達はじっとこっちを見て微かに微笑んでいた。激しい興奮をじっと抑え込んでいるような、そんな顔だった。

何やら厄介そうなその顔から目をそらし、晴明はひとりどんどんと廊下を歩いていく。

廊下を曲がったところで、神妙な顔を投げ捨てて、晴明はにやりと唇を歪める。色をなくした公達たちの顔を思い浮かべ、声を上げて笑った。

陰陽寮はまだ授業の時間だろう。しかし、わかり切ったことをくどくど聞かされる授業よりも、物言わぬ書物の方がずっといい。晴明の足はまっすぐ陰陽寮の書庫へと向かっていた。

2

東西四・五キロ、南北五・二キロ、中央に幅八十四メートルの朱雀大路《すざくおおじ》を配した古代都市・平安京。碁盤《ごばん》の目と例えられるほど、まっすぐな道が整然と延びる都の北には大内裏《だいだいり》と呼ばれる区画がある。今の永田町、霞が関にあたる国家の中枢だ。そして、その中には内裏と呼ばれる帝《みかど》の居城があった。

この時代、政治は帝を頂点に、一部の貴族や官僚によって仕切られ、政策は占いによって決められていた。

その占いを行っているのが、陰陽師《おんみようじ》である。

占い師、幻術師、拝み屋という言い方もできようが、どれも適確なものではない。陰陽師は、星の相を観《み》、人の相を観る。方位も観れば、幻術を使ったりもする。眼に見えない力――運命とか、霊魂とか、鬼とか、そういうものに深く通じており、そのようなあやかしを支配する技を持っている。少なくともそう信じられていた。

陰陽師たちの職場は、陰陽寮という。大内裏の中にある、れっきとした国の機関であり、今でいう省庁だ。陰陽寮はまた陰陽師を目指す者たちの学校も兼ねていた。学ぶ者たちは学生《がくしょう》といい、その指導者を博士《はかせ》といった。

この時代、身分の差は激しく、生まれながらに貴族でない者たちは、官僚となることが唯一の出世の道だった。その道は狭く厳しく、脱落していく者も多い。しかし、諦めきれずに中年を過ぎても学生でいる者もいた。

陰陽寮で一番年長の学生といえば平郡貞文《へぐりのさだふみ》だ。長く学生の座にしがみつき、今年でも う四十五になる。共に机を並べる学生たちは、一回りも二回りも下の者たちばかりだ。疲労が色濃く滲み、年齢以上に老けて見える顔を揶揄《やゆ》されることも、解《ほつ》れや破れがひどく、今にもばらばらになりそうな、着古した衣を嗤《わら》われていることも知っている。

しかし、貞文はぐっと奥歯を嚙《か》みしめ、黙々と陰陽寮に通い続けた。

大内裏の朝は早い。日の出とともに、太鼓が鳴らされ、門が開く。役人も学生も皆、朝靄《あさもや》の立ち込める中、門が開くのをじっと待ち、一斉に持ち場へと散っていくのだ。

貞文たちは開門時間に間に合わせるために、毎日三時には家を出た。身分が高いほど大内裏の近くに住まいを与えられ、馬に乗ることも許される。しかし、身分の低い貞文などは朱雀大路につくまでが一苦労だ。まだ真っ暗な中、疲れた体を引きずって、開門の太鼓に間に合わせる。朝からすでに体はくたくただったが、貞文は誰よりも熱心に朝の掃除に励み、博士たちを迎えた。

いかにも立派な衣をまとった博士たちは、整列して深々と頭を下げる学生たちの間を悠々と歩いて、陰陽寮に向かう。

博士たちが貞文らにわざわざ注意を払ったり、ねぎらったりすることはなかったが、貞文は一切手を抜かなかった。どんな小さな機会も逃したくはなかった。


きっちり磨いた床に、文机《ふづくえ》をもとの通り並べれば、掃除は終わりだ。

その日の最初の授業は天文博士・惟宗是邦《これむねのこれくに》の授業だった。

是邦は貞文とほぼ同年代の男だ。ぱっと目を引くような派手な風采で、その地位に許された浅緑の衣がよく似合っている。全身から自信がみなぎっているようだった。博士の中でも天文道を担う天文博士は、陰陽博士と並ぶ高い地位だ。

「右大臣・菅原道真《すがわらのみちざね》公は……」

是邦は壁に掛けた道真公の人物画を指しながら、よく通る声で授業する。

「大宰府《だざいふ》へ左遷《させん》され、朝廷を恨んだまま亡くなった。その後、都に起こった異変は、この道真公の祟《たた》りと認められている。その祟りをいかにして鎮めたか？」

是邦は学生たちを見まわし、貞文に目を留めると、笏《しゃく》を向け、「貞文」と呼んだ。

挑むような是邦の表情にも貞文は顔色一つ変えず、素直に立ち上がり、すらすらと答える。

「剥奪《はくだつ》した地位を、元の右大臣に復帰させ、正二位《しょうにい》を贈ると共に、大宰府へ追放することを命じた勅令を破棄し、昨年、天満大自在天神《てんまんだいじざいてんじん》という神としました」

「そうだ。このように、この都を呪いや祟りなどの災いから守るのが、我々陰陽師の仕事だ」

怨霊《おんりょう》のような存在も、神と名付ければ神となる。

勅令であっても後から取り消せば、なかったことになる。

小手先の誤魔化しのようだが、こうやって恨みを持つ者を神として祀《まつ》ることで、この国は災いを避けてきたのだ。

そうした知識はしっかりと貞文の頭に入っている。博士に代わって、すらすらと諳《そら》んじることもできるだろう。しかしどこかで、そんなわけがあるか、という思いがある。死人はただの死人だ。怨霊でも神でもない。呼び方を変えたからといってなんだというのだろう。

陰陽寮に長くいるうちに、不思議なことはいくつも目にしてきた。それでも、陰陽道を信じ切れずにいる。そんな気持ちでいるから、自分はいつまでたっても陰陽師どころか、上級の学生である得業生《とくごうしょう》にもなれずにいるのだろうか。しかし、貞文は博士たちのこともどこかで疑っていた。博士たちにとっても、陰陽道は国を騙《だま》し、出世するための道具に過ぎないのではないかと。

気づけば、にやにやと笑う男がこちらを見ていた。いかにも上等そうな、小綺麗な衣を着た男だ。男は橘 泰家《たちばなのやすいえ》といった。貞文よりはるかに年下だが、既に得業生に選ばれ、最も陰陽師に近い立場にいる。得業生は特別に博士たちの手伝いをすることが認められていた。彼は得意げな様子を隠しもせず、部屋を自由に歩き回りながら、貞文たちが必死に博士の言葉を書き留める様を眺めて楽しんでいる。

貞文は泰家のにやけ顔から目をそらし、既に何度も聞いたことのある是邦の話を熱心に聞いている風を装った。ちょっとしたことをきっかけに、ネズミをいたぶる猫のように泰家は学生をいたぶる。泰家の関心を引くのは避けたかった。

是邦の後は、陰陽博士・賀茂忠行の授業だ。忠行はかなりの高齢だが、背筋はしゃんと伸び、その眼光は鋭い。何よりその陰陽道の知識については、寮の中でも一目置かれていた。

「いいか、つまり、杏仁《きょうにん》や桃仁《とうにん》というのは、薬にもなるが、服用を間違えば、毒薬にもなるということだ」

忠行の言葉に、死者と同じだな、と貞文は思う。人の勝手で怨霊と呼ばれ、神と呼ばれる死者。杏仁や桃仁も人の勝手で、薬とありがたがられ、毒と恐れられる。

それでも、毒や薬は怨霊とは違い、実体がある分、信じられた。何より、忠行の授業は実践的で、貞文の性《しょう》にあった。ただ歴史や理屈を聞かされているよりずっといい。

貴重な香木を削り、石臼《いしうす》を回して、素材を粉にし、正確に分量を量って合わせ、薬を作る。忠行は学生たちの作業に鋭い目を向けていた。ぴんと張りつめた空気の中、慎重に作業を進める。

その日の課題の薬を皆が一通り作り終えた頃、「何か、質問は？」と忠行が尋ねた。

「この世の最強の毒は何ですか？」

佐伯義忠《さえきのよしただ》というひょろりとした長身の学生が声を上げる。白い石灰石を手に取った。壁に貼られた漆の板に、石で文字を書きつけていく。

「蛇やムカデ、蜘蛛《くも》、カエルなど百種類の毒虫を、同じ壺《つぼ》の中に生きたまま入れ、互いに共食いをさせる。最後に生き残った虫の毒は、最強の毒となる」

貞文は壺にみっしりと詰め込まれた毒虫たちの姿を想像し、ぶるりと身を震わせた。

想像の中の毒虫たちは互いを喰《く》らい、その命とともに派手にぶちまけられた体液は、しっかりと壺を封じた紙に醜いシミを広げていく……。

忠行は板に大きく「蠱毒」と書いた。

「それが蠱毒《こどく》だ」

虫がひしめくような蠱という漢字に、肌が粟立《あわだ》つような感覚を覚える。

恐ろしいと思いながら、その文字から目が離せない。じっと文字を見つめながら、できたばかりの薬を運んでいた貞文は、あっと思った次の瞬間、無様に床に転がっていた。

一緒にひっくり返った薬の器から、わっと粉が舞う。

「おい、気をつけろ！　中身が猛毒なら死んでるぞ」

粉まみれになって呆然とする貞文を、忠行が厳しく叱責する。

訳がわからず、ぼんやりと顔を上げた貞文は、すぐ横に泰家の姿があることに気づいた。泰家はほくそ笑んでいる。その顔を見た瞬間、貞文はようやく理解した。泰家がわざと足をひっかけたのだ、と。

今はそうやって嗤っていればいい。どす黒い怒りを感じながら、貞文は再び、蠱毒という文字を見つめる。

生き残って、最後に嗤うのは、この俺だ。

貞文はぎりぎりと血が滲むほどに唇を嚙みしめた。


授業はまだまだ続く。

漏刻《ろうこく》とよばれる水時計と、渾天儀《こんてんぎ》という天球上の天体の動きを模した、いくつもの輪を組み合わせた巨大な機器がある部屋で授業をするのは、暦《れき》博士の葛木茂経《かつらぎのしげつね》だ。

暦博士の前には金属製の五つの器が置かれている。葉の茂った小さな木が植えられている器、火が燃えている器、土の盛られた器、金属の原石をのせた器、水をたたえた器。

表情の読めない男は淡々とした口調で、五行思想について説明していく。

「五行はまず春の芽吹き、木から始まる。木が育ち」

　暦博士は小さな枝を折りとり、隣の火にくべる。

「木によって火が燃え、木は灰、つまり土になり、土の中で金属が育ち」

　長い匙《さじ》で火の底の灰を掬《すく》って、土の上にかける。そして、土の中から鉱石を取り出し、金属の山に載せた。

「最後は冷えた金属の表面に水滴がつくように水を生成する。そしてその水が、木を育てる」

　金属の表面についた水滴を、水の器に落とす。そして、最後に小さな柄杓《ひしゃく》を取って、水を掬うと、最初の木の器に注いだ。

　淀《よど》みのない、流れるような動作だった。

　貞文は長い学生生活の中で、何度同じ説明を聞いたかわからない。しかし、周りに合わせ、必死に文字に書き止めた。

「水は万物の終焉《しゅうえん》でもあり、すべての命のもととなる。あの世とこの世。潜在意識と顕在意識の橋渡しをしている。この漏刻の水は深い地下から湧き出ており、一切の汚れを知らない」

　水時計や渾天儀によって暦を計算し、時を計り、時報を司《つかさど》るのも陰陽寮の重要な役目の一つだ。どういう仕組みか皆目見当もつかない巨大な機器と、底が知れないほど黒々と湛《たた》えられた水は、確かにどこかこの世ならざるもののように見えた。

その日の最後は、陰陽頭《おんみようのかみ》・藤原義輔《ふじわらのよしすけ》の授業だった。

陰陽寮で一番高位である彼は、ひとり浅緋《あさあけ》の衣を許されており、その鮮やかな色はひどく目を引いた。

陰陽寮で一番の高齢であったが、年寄じみたところはまるでなく、眼光は鋭く、思わず首を垂れたくなる程の威厳があった。

一段高いところに座った陰陽頭は、囲むように机を並べた学生たちに重々しく告げた。

「呪い、呪、というものは、肉体や物質に直接作用をするものではない。それらは、まず、意識に作用を及ぼし、それが肉体に影響を与える。例えば……兼茂《かねしげ》」

陰陽頭が指名したのは、学生たちの間で最も得業生に近いと噂される男・丈部《はせつかべの》兼茂だった。才能もあり、博士たちの受けもいい。さらには周囲への気遣いも完璧とくれば、泰家よりもよっぽど得業生にふさわしいと評判になるのも当然のことだろう。

陰陽頭が壇上から降り、兼茂に近づく。

すかさず、泰家が妙に得意げな顔で陰陽頭の横についた。

「腕を……」

短く命じられ、兼茂は素直に袖をまくる。陰陽頭は傍らに置かれた火鉢の中から、火箸を取り上げた。赤く色を変えた火箸を軽く掲げ、陰陽頭は反対の手でぐいっと兼茂の手首をつかむ。

近づく熱に、兼茂は思わず後ずさる。しかし、いつの間にか背後に回っていた泰家が抱き着くようにして動きを封じた。

「この焼けた火箸を……」

そう言って、陰陽頭は躊躇《ちゅうちょ》なく兼茂の腕に押し当てた。

兼茂が逃げようともがくが、陰陽頭の手は外れない。

人の声とは思えない、獣のような絶叫が響いた。

焼けた火箸が肌を焼いている。じゅうという音が響き、煙が上がる。

学生たちは揃って腰を浮かした。皆蒼白になっている。

すると、火箸を押し付け続けていた陰陽頭は、涼しい顔でこう告げた。

「だが、実は、これは焼けた火箸ではない。兼茂、よく見てみろ」

額に汗をびっしりとかいて、荒い息を吐いていた兼茂は恐る恐る腕に目をやる。

確かに腕に当てられているのは、火箸ではなかった。ただの枝だ。

「え？」

兼茂は呆然と腕を見つめている。枝の下の肌は黒く炭化し、醜くえぐれ、ひどい有様だったが、それも陰陽頭が枝を外したのが合図だったかのように、みるみる元の肌色を取り戻し、えぐれた傷も塞がった。

気づけばもう何の痕跡も残っていない。元のままのつるりとした健康な腕だった。キツネにつままれたような気分で、兼茂は自分の腕を見つめる。

学生たちも自分の目を疑いながら、陰陽頭の手にある、先ほどまで火箸だったはずの枝を見つめる。

「兼茂はこれを火箸と思い込み、肉体に変化を起こした。これを暗示、又は催眠術ともいう。実際は無毒でも、毒蛇にかまれたと思い込んだ男が、死ぬことはよく知られている。一流の陰陽師は、この呪を使いこなす」

貞文はまるで自分に火箸が当てられたかのように、嫌な汗をかいていた。ひどく気分が悪かった。くらくらとするような匂いが部屋に立ち込めている。気づけば、香が焚かれていた。最初から焚かれていたのだろうか。記憶が定かではなかった。

ぼうっと香炉から立ち上る煙を眺めていると、鐘楼《しょうろう》の鐘が鳴った。

その音に、貞文ははっとする。一瞬のうちに、頭の中に靄がかかったような感覚はなくなっていた。

「今日はここまで」

陰陽頭が告げる。

皆のろのろと立ち上がり、食堂へと向かう。

「完全にやけどだったぞ」

「焦げた臭いだってしていた」

学生たちの話題は、もちろん先ほど見た信じられないような光景のことばかりだった。貞文もあの光景を思い浮かべていた。生々しいやけどの跡も、悲痛な叫び声も、肉が焦げたような臭いも、ありありと思い出せる。

あれがただの暗示だというのか。貞文は静かに興奮していた。呪の理屈については、これまで何度も授業を受けてきた。しかし、そんな暗示を真に受けるのは、心の弱いものだろうと思い込んでいたのだ。

ところが、あの瞬間、兼茂だけでなく、他の学生たちまで一瞬にして暗示にかかった。少し疑ってかかっていた自分さえもすっかり騙されていた。なんという力だろう。あの力がほしい。貞文は衝撃に細かく震え続けている手をぎゅっと握った。


授業の後は、食堂での食事だ。

陰陽寮の全員が集まり、一斉に食事をする。衣の色が決まっているように、座る場所も食べるものも細かく決まっている。上座に座る陰陽頭と一番の下座に座る学生たちでは、同じ食事でも器の数がまるで違った。陰陽頭の膳《ぜん》には頭付きの魚さえ並んでいる。

貞文は少ないおかずを惜しみながら、雑穀のごはんを噛みしめるように食べた。その目は、とがめられない程度に上座に向けられている。

その目には師への敬意や憧れは微塵《みじん》もない。ただ、獲物を狙うような、ぎらぎらとした光だけがあった。

貞文は陰陽頭に視線を向けながら、彼を見てはいなかった。彼を通して、さらに上を見ていた。

陰陽師としての出世は、学生から得業生になり、陰陽師、博士、陰陽頭へと進んでいく。しかし、それが陰陽師の頂点ではない。すべての陰陽師が目指すまだ先があった。蔵人所《くろうどどころ》陰陽師。御簾越しとはいえ、帝に拝謁することさえできる帝専属の陰陽師。現在、そこは空席となっている。

陰陽師になれたとしても、官僚としては最低の地位だ。しかし、蔵人所陰陽師にまで上り詰めれば、金も権力もほしいまま。占いの結果をふりかざせば、帝さえも言うことをきくだろう。

ここにいる誰よりも高い場所に座る自分を思い描きながら、貞文はもそもそとした雑穀を嚙みしめる。自分に向かって深く首を垂れる泰家のひどく悔しそうな顔を想像しただけで、貞文の口元にはうっすらと笑みが浮かんだ。

食事の後片付けはもちろん学生たちの仕事だ。

仕事とはいえ、博士たちの姿もなく、どこか砕けた空気が漂っている。

「そういえば、晴明は？　またずる休みか？」

食器や膳を運びながら、兼茂が呆れたような声を上げた。呪をかけられた後は蒼白な顔をしていた兼茂だったが、時間が経った今はいつもの余裕たっぷりの優等生の顔で、率先して手を動かしている。いつも兼茂の隣で、真っ先に調子を合わせる義忠が、箸をまとめながら揶揄《やゆ》するように答えた。

「陰陽博士の直弟子だから、やり放題なんだろ？　結局、実力よりも縁故だよ、縁故」

「でも、キツネの子で、呪術が使えるって噂じゃないか」

別の学生が口をはさむ。貞文は黙々と手を動かしながら、背中で彼らの話を聞いていた。そのどちらの噂も聞いたことがあった。晴明が陰陽博士である賀茂忠行の直弟子であるというのは事実らしい。規律が厳しい陰陽寮に籍を置きながら、自由気ままにふるまっているというのも本当だ。しかし、それは縁故ゆえなのかといえば、そうだろうかとも思う。実力もやる気もない落ちこぼれの学生だと思えたら簡単なのだが、まだ年若いにも関わらずどこか底知れない雰囲気をまとうその男を前にすると、本物かもしれないという恐れにも似た思いがふと過《よぎ》るのだ。もしや、本当にキツネの子で、暗示どころではない、不思議な呪術すら使えるのかもしれぬ、と。

背後では学生たちの会話が続いている。「呪術？」と小馬鹿にしたような声を上げたのは兼茂だった。

「お前、そんな魔法見たことあるのか？」

「いや、ない」

「だろ？　そんなもん、ないんだよ。あるならこんな所で、片付けなんかしてないだろ、俺たち。みんな式神《しきがみ》にでも任せればいいんだ。だろ？」

気怠そうに食器を運びながら、義忠も鼻で笑う。

「そりゃそうだ」

式神とは陰陽師が使役するとされる精霊だ。普段は目に見えぬ精霊を方術《ほうじゅつ》で自由に操ることができるのだという。そんな怪しげな噂を陰陽寮の学生たちは散々耳にしてきた。しかし、噂はただの噂だ。陰陽寮にいる時間が長ければ長い者ほど、そうした噂をせせら笑った。

呪ならばあるのだろう。暗示が肉体に及ぼす驚くべき効果を学生たちは目の当たりにした。体験したことなら信じるしかない。

しかし、呪術はといえば、授業で教わることもない。陰陽寮で行使しているのを見たこともなければ、博士たちが実際に使えるという話も聞かなかった。

かつては闇に潜む目に見えないものを恐れながら信じていた学生たちも、出世のための駆け引きに疲弊《ひへい》するなかで、いつしか自分の目で見たことしか信じなくなっていたのだった。怨霊よりも、人の嫉妬や悪意の方が恐ろしく、呪術よりも貴族への追従《ついしょう》や腹の探り合いの方がよっぽど役に立った。

貞文もまた当然のように、呪術があるなどとは信じていなかった。存在するわけがない。しかし、どこかであってほしいと願ってもいた。貞文は人に取り入るというのが絶望的に下手だった。敬っていない心の内が透けているのだろうか、顔を見せただけで上のものに疎《うと》まれた。呪術さえあれば、と何度も思った。呪術さえあれば、ここから這い上がり、蔵人所陰陽師の座をつかむこともできるのではないか、と……。

「貞文、これ今日中に写しておけ」

泰家に声をかけられ、貞文は机を拭いていた手を止めた。泰家は腕組みしながら、唇をくっと曲げて笑っている。泰家の方が貞文よりも背が低いにも関わらず、その視線は上から見下ろされているようだった。

貞文の前に泰家の取り巻きの学生たちが抱えていた巻物を置く。ざっと見ても十以上はあった。

「今日中に？」

写本も学生の仕事のひとつではある。しかし、これは一人でやるにはあまりにも多い。そもそもこれは泰家が任されていたものではなかったか。

「学生の身で口答えするのか？」

「泰家だってまだ学生だろ」

上から押さえつけるような泰家の言葉に、兼茂が口をはさむ。しかし、「はあ？」と睨まれると利に敏《さと》い兼茂はそれ以上貞文をかばうことはせず、すっと引き下がった。

「しかし……授業が……」

布巾を弄《いじ》りながらなんとか断ろうと言葉を探ると、泰家はますます唇を歪めて楽し気に笑った。

「勉強したからって何になる？　その年でまだ学生。仮に俺のような得業生になれたとしても、正式な陰陽師になる頃には死んでるわ。それよりは下働きとしてでも、働いた方が世の役に立つだろう？」

泰家は言いたいだけ言うと貞文の返事も待たず、偉そうに腕組みしたまま立ち去った。そのあとを取り巻きたちが追う。

貞文は残された巻物の山を見つめながら、重い溜息を吐く。手の中で引き絞られた布巾が、ぎりぎりと音を立てた。

3

陰陽寮の門をくぐった男が、悠々とした足取りで歩いている。

庭の清掃をしていた貞文は慌てて深く腰を折り、頭を下げた。深藍の衣に、頭に挿した白い花が映えている。いかにも洒落者といったこの男が貴人であることは、一目見ただけでわかる。貞文だけでなく他の学生たちも、条件反射のように首を垂れた。

貴人はそんな貞文たちに気づくこともなく、まっすぐに歩を進める。

先ぶれがあったのだろう。しかし、それも直前だったのか、いつにない慌てた様子で博士たちが出迎える。相当身分の高い男なのだろう。五人の博士が誰一人欠けることなく、揃っていた。

貞文は咎《とが》められぬよう、頭を下げながらもこっそりと様子をうかがう。いつもは一番高い場所でふんぞり返っている陰陽頭が、おもねるような表情を浮かべているのが見えた。

「これは、これは博雅《ひろまさ》さま。わざわざこのようなむさ苦しい所へ……お呼びいただければ、伺いましたのに」

「いや、たまにはいいものだ」

貴人は追いすがるようにして声をかける陰陽頭に一瞥《いちべつ》も与えず、機嫌よさげな声を出す。

「今日は何か？　占いでしょうか？　それとも祓《はら》いの方で？」

愛想《あいそ》笑いを浮かべながら是邦が尋ねる。貴人の依頼を受ければ、謝礼も懐《ふところ》に入るうえ、出世にも影響する。その笑みには、ぎらついた野心が隠しようもなく滲んでいた。

貴人はその笑みを見ることもなく、にっこりと微笑む。

「いや、今日はあなた方ではなく、晴明に会いに来たのだ」

博士たちは言葉を失い、ただただ呆気にとられたような顔で貴人を見つめた。

いち早く立ち直ったのは、博士たちの中で一歩引いたような態度を見せていた忠行だった。

「晴明？　学生のですか？」

貴人はそうだと何でもないことのように答える。足を止めることのない貴人の後ろをぞろぞろと追いかけながら、陰陽頭たちが苦々しい表情を浮かべるのを、貞文はこっそりと見つめる。

同じ学生だというのに、晴明と何が違うというのか。貞文の心にも苦いものが過る。

しかし、どこかで博士たちの表情に胸がすく気持ちもあった。

是邦は近くにいる学生たちに、晴明を連れてくるようにと命じた。

学生であれば掃除をしながら授業の準備を始めている時間だが、晴明は忠行に連れられ、ここの学生になった時から勝手気ままに行動している。

学生の資格を失ってもおかしくない行状だったが、忠行の直弟子であることもあり、他の博士たちも苦々しく思いつつ、見て見ぬふりをしていた。何より、晴明の陰陽師としての才能は、簡単に排斥できないほど抜きんでていた。たまに授業に出ては、博士以上の知識を見せ、占いなどさせてみれば、恐ろしいほどの精度で占ってみせる。

貞文は晴明を苦々しく思いつつ、どこかで恐れてもいた。腫物《はれもの》のように晴明を扱う博士たちもまた同じように、晴明を恐れているのだろう。

指示を受け、闇雲に晴明を捜す学生たちの姿を横目に、貞文はまっすぐ書庫へと向かった。

書庫の整理を命じられた際、何度か晴明の姿は見かけていた。いつも晴明はいくつもの巻物や書物を無造作に傍らに積み、手あたり次第という風に読み漁っていた。書物の中には、横文字で書かれた異国のものも少なくない。そんな書も晴明は当たり前のように読み進めていた。

書庫の整理は骨の折れる作業だった。しかし、晴明は一切手伝おうとはしなかった。そもそも同じ空間に貞文がいることに気づいていたかも怪しい。書物に没頭する晴明は、どこか侵しがたい張りつめた空気を纏《まと》っていて、貞文は知らず知らずのうちに気配を殺すようにして作業している自分に何度も気づかされた。そんな自分に苛立ち、そんな気持ちにさせる晴明に苛立った。

その度に、この男が嫌いだと新たな気持ちで思った。

この日も、晴明は当たり前のように書庫にいた。誰もおらず、しんとした書庫の中でゆうゆうと文字を追っている。

「またここか。お前はいつもここにいるな……」

晴明を見下ろしながら、貞文が声をかける。我ながら嫌みっぽい口調だった。晴明の集中を邪魔する大義名分があることに、どこか暗い喜びがある。

晴明はゆっくりと書物から顔を上げた。不機嫌そうな顔をしている。

「なんだ?」

「客だそうだ」

「俺に?」

いかにもうんざりした様子だった。貴人からの名指しの依頼だと貞文が付け加えてやっても、さらにげんなりした顔になる。

博士さえもお近づきになりたいと願うような依頼人と会うよりも、書物と過ごす方がいいらしい。

今にも逃げ出しそうな晴明を無理やり追い立てるようにして、是邦のもとへと連れていく。自分だって、やりたくてやっているわけではない。しかし、自分はこうして小さな点数を稼ぐしかないのだ。

貞文は書物に心を残しているかのような晴明の顔を睨みつける。この男は自分の名前を知っているのだろうかと不意に思った。


晴明は腹を立てていた。

書物の世界に深く深く潜っていたところ、無理やりに引き戻されたのだ。これまでにないところまで届きそうな気配さえあっただけに、腹立たしい。罪人のように貞文に引き立てられ、書庫から連れ出された晴明は是邦に引き渡された。是邦も晴明に負けず劣らず不機嫌な顔をしている。

そんなに客を取られたくないのなら、無理やりにでも自分の客にすればいいのだ。そうすれば、こっちも面倒がないのに、と晴明は嘆息する。

是邦は晴明を先導するように歩く。その後を晴明は渋々ついていく。目指す先は陰陽寮の中でも一番いい部屋のようだ。それだけ大切な客人なのだろう。

廊下ですれ違う度、学生たちがささっと脇に避けて、深々と頭を下げる。その姿を視界に入れることもなく、是邦は大股で廊下の真ん中を歩いた。

「中務大輔《なかつかさのたいふ》の博雅さまだ。つまり我々陰陽寮の上司。今は賜姓《しせい》降下して、源《みなもと》を名乗っているが、先の帝・醍醐帝《だいごてい》の孫で、管弦といえば博雅と言われるお方だ。帝の前でも普段着を許されている。くれぐれも……くれぐれも粗相《そそう》のないように」

なるほどと晴明は思う。是邦のような博士も目の色を変えるわけだ。

「なんの依頼であれ断れ。学生の分際で対する相手ではない」

是邦は尊大な態度で抑えつけるように言う。晴明は畏《かしこ》まるわけでもなく、反発するわけでもなく、波ひとつない湖面のような静かな口調で答えた。

「いくら博士でも、そこまで命令する権利は無いと思いますが……」

是邦は足を止めゆっくりと振り返った。気の弱い学生ならば、たちまち震えあがりそうな強い目。晴明はその視線も瞬《まばた》きひとつせず、静かに受け止めた。

「いずれにせよ、あなた方の大切な上客を奪うつもりはありません。安心してください」

命令する権利は無いと言ったのは、単なる嫌がらせだ。そもそも依頼を受ける気など毛頭ない。晴明の言葉一つで簡単に心を乱した是邦の表情に、軽く鼻で笑う。

そのまま是邦に背を向け、晴明は貴人の待つ部屋へと先に歩を進める。

是邦はそのまま動けずにいた。ひとり廊下に残された是邦は、先を行く晴明の背中を睨みつける。憎悪にも似た強い視線を据えたまま、ぎりぎりと奥歯が軋《きし》むほどに嚙みしめた。

客室には、強く香が焚かれていた。香炉から立ち上った煙が朝靄のように、部屋を漂っている。

貴重な香木を使っているのだろう、香りは柔らかかったが、濃厚だった。匂いの中にいるだけで、軽い酩酊《めいてい》感を覚える。

源博雅は部屋の奥の高い所に座り、晴明を待っていた。背筋を伸ばし、胡坐《あぐら》をかいたその姿は実に堂々としている。まるでこの部屋の主のようだった。

貴人の客と聞いた時から、半ば予想はしていた。あの時のあの男だろうと。寺で顔高い場所から、好奇心に目を輝かせ、こちらを見ている男は、思ったとおり、寺で顔を合わせた貴人だった。

晴明は躊躇《ためら》いなく近づくと、一段低いところで胡坐をかいて座り、深く頭を下げた。

一応、貴人に対する礼儀は忠行に叩き込まれている。

「安倍晴明どの。今日は、頼みがあって来たのだ」

「お断りします」

晴明は博雅の言葉に重ねるように、間髪いれず答えた。

博雅はきょとんとしている。何を言われたのか、理解ができないでいるようだ。これまで身分が下のものに断られたことなどないのだろう。そもそも、常であれば頼む必要さえないはずだ。

「では」

晴明は短く告げて、立ち上がった。そのまま向きを変え、すたすたと歩きだす。

「ま、待て」

思ったよりも俊敏な動きで、博雅は上座から飛び降りるようにして、晴明に手を伸ばす。その手は、晴明の衣の裾《すそ》をぐいっと引いた。

晴明は火の粉でも払うように、鋭く宙を蹴り、裾を翻《ひるがえ》した。直接手に足があたったわけではない。しかし、弾き飛ばされたように、博雅は床に転がっていた。

「……無礼者！」

顔を赤くしながら、博雅は思わずというように口走る。起き上がることも出来ずにいる博雅を、晴明は冷たい目で見下ろした。

「無礼？」

付け焼刃の礼儀をかなぐり捨てた晴明は、低い声で繰り返す。

見下ろす者と見下ろされる者、立場は完全に逆転していた。

博雅は晴明の冷ややかな視線にびくりと身をすくませる。

「無礼はどっちだ。いきなり人の袴をつかんだのは、そっちじゃないか。俺はそういうチャラチャラした冠をつけて、上から目線で話してくる奴が嫌いなんだよ」

博雅はのそのそと立ち上がると、「私だって」と不貞腐《ふてくさ》れた顔で食って掛かった。

「お前のような礼儀知らずの人間は好きではない」

晴明はくっと口の端を歪《ゆが》めて笑った。ともに床に立つ二人の視線はまっすぐ同じ高さで交わる。

「なら、好都合。学生ではなく、正規の陰陽師に頼め」

そう言い捨てると晴明は博雅に背を向けた。再び歩き出した晴明に、博雅は慌てて声をかける。

「なぜ断る」

「興味がない」

背を向けたまま晴明は答えた。

「どうせ、夜中に不思議な物音がするとか、そんなものだろ？」

図星だったのだろう。

振り返ると、部屋に入った時の威厳に満ちた姿が嘘のように、博雅はしょんぼりと肩を落としていた。これまで博雅が何か頼めば、周りはそれを名誉なことと挙《こぞ》って手を貸したのだろう。そんな貴族らしい傲慢さは、晴明の嫌うところだったが、途方に暮れた子供のような顔を見せられると、こちらが弱い者いじめでもしているような気にさせられる。

「家鳴《やな》りなど、妖怪の仕業と考えられているが……あれは、木材の乾燥によるものだ。温度差が激しい日に起こる。冬に多いのはその為。陰陽師が扱う九割九分はそのようなもの」

呪でも唱えるようにつらつらと述べると、晴明は博雅の目を見てきっぱりと言い切った。

「だから、俺は興味がない」

「で、では、あのヒキガエルはどうしたのだ？」

ここまで言えば、諦めて陰陽師に頼むか、腹を立てて帰るかと思ったのだが、博雅は引き下がる様子もなく、必死に言い募る。

「カエル？」

「寛朝殿の寺で、殺したではないか」

「ああ、あれ」

どうやら、あの出来事は思った以上に博雅に衝撃を与えていたらしい。

「あれは……」

晴明はにやりと笑った。そっと博雅に体を寄せ、打ち明けるように言う。

「呪《しゅ》をかけた」

「呪？」

「そう。呪うと書いて、呪」

「つまり、呪術ということじゃないか」

「違う。あんたが思っているようなものじゃない」

「どういうことだ」

博雅がもどかしげに問う。晴明はそっと博雅を見た。その顔にはただ早く知りたいという気持ちだけが浮かんでいる。

対等な口を利いているというのに、怒り出す様子もないことを意外に思う。冠の花こそいかにも洒落者の貴族という風で鼻につくが、中身の男は絵に描いたような貴族というわけでもないらしい。

晴明は珍しく、この男に教えてやる気になった。

「例えば、こんなものだ。ほら、ネズミ！」

そう言って、晴明は手にしていたものを、博雅に向かって放った。博雅の衣の上をきゆいきゆいと鳴き声を上げながら、数匹のネズミが駆け上がる。

「うわっ！」

博雅は悲鳴を上げ、手足を出鱈目《でたらめ》に振り回しながら、慌ててネズミを振り払った。腰を抜かしながら、追ってくるネズミから逃れようと懸命に後ずさる。

「何てことを！　こんなところに！」

博雅が悲痛な声を上げると、晴明は笑い出した。

「よく見ろ」

そう告げたが、博雅は涙目になって、ネズミを払い続けている。

「よく、見ろ」

もう一度、言葉を区切ってゆっくりと告げた。ようやく言葉が耳に入ってきたのだろう。博雅はそこで初めて、見た。

自分の周囲に散らばる、鼠《ねずみ》色のお手玉の一つを拾い上げ、呆然としている。

「こういうわけだ。特に幻覚作用のある香の焚いてある部屋ではよく効く。寺でもけむいぐらいに焚かれていた」

博雅はまだ信じられないというように、手にしたお手玉を見つめている。

「……確かにネズミだったのに……」

「言葉によって人々を誘導し、感覚を使って補強する」

晴明はあの日何があったのか、種明かしをしてみせた。

あの日、晴明は、公達と僧に向かってこう言った。

「呪術を使えば、このような葉を一枚載せるだけで、殺すこともできる」

その言葉でまず一同の心を縛った。「このような葉」と強調することで、自ずと彼らの視線は紅葉の葉に集中する。そして、葉がヒキガエルの背中に舞い降りた瞬間、足で床を踏み鳴らし、大きな音を立てた。

その音で彼らはヒキガエルが破裂したと思い込み、ヒキガエルは驚いて、草陰へと消える。そして間髪いれず、手にしていた紅葉の枝を手水《ちょうず》に浸し、彼らに向けて大きく振ったのだ。葉についた水滴は顔を打ち、彼らはたまらず目をつむる。その水滴の感覚、冷たさに、彼らはそれをカエルの血しぶきだと思い込んだのだ。

これが感覚による補強だ。

ここまで丁寧に説明しても、博雅はまだ腑《ふ》に落ちない様子でへたり込んだまま晴明を見上げている。

「だが、呪の本質は本人、つまり呪をかけられる側にある」

「……どういうことだ？」

「真実と事実の違いを知っているか？」

これまでの話とどうつながるのか、戸惑う博雅に晴明はゆっくりと近づく。そして、ふわりと膝を折り、視線を合わせた。

「事実とは、あるがままの出来事」

そういって、床からお手玉を拾い上げ、手のひらに載せる。

「真実とは、その人間の主観に基づいて導かれた結論。つまり、個人個人の受け取り方によって変化する『概念』であり」

晴明はお手玉をぎゅっと握り込む。

「『呪』」

そう言って、ぱっと開いた手の中にいるのは一匹のネズミだ。まるまると太ったネズミが、ぴくぴくと髭《ひげ》を動かしている。

食い入るように晴明の手を見つめていた博雅は、びくりと身を引き、思わずというように袖で顔を覆った。

恐る恐る袖を下ろし、晴明の手に目をやる。目の曇りを拭おうとするかのように、素早く袖で目をこする。

博雅は身を乗り出して、まじまじと晴明の手のひらに載せられたお手玉を見つめた。

「真実は人の数だけあるってことさ」

「ようは、思い込みってことか？」

「そうとも言う。そして、馬鹿な人間ほど、呪にかかりやすい」

晴明は手にしていたお手玉を、博雅に向かって放った。お手玉は博雅の額にあたり、ぽとりと落ちた。博雅は一瞬目こそつぶったが、それはただの反射だ。ネズミだと怯《おび》える様子もなく、落ち着いている。さすがに、そこまで馬鹿ではなかったようだ。

「馬鹿？　つまり、俺が馬鹿って言いたいのか？」

「違うのか？」

憤慨《ふんがい》する博雅に、晴明は澄ました顔で尋ねる。馬鹿など、初めて言われたのではないか。博雅は「なんだと？」と食ってかかると、口をへの字にして睨みつける。貴族にしては、腹芸ができない質《たち》のようだ。

「では」

おもむろに告げて、晴明は立ち上がる。

わざわざ時間をかけて、実演までして説明してみせたのだ。彼を悩ませている「怪異」の事実に自力で気づけるだろう。そうでなければ、説明したかいがない。

さて、書物の続きでも読もうか。既に頭を切り替え始めていた晴明は、「だが、徽子女王なのだ」という博雅の言葉に足を止めた。

「困っているのは、俺じゃない。徽子女王は、俺のような馬鹿じゃない」

「元伊勢《いせ》の斎宮《さいぐう》か？」

振り返ることなく、尋ねる。博雅は「そうだ」と勢い込んで言った。

「神々に仕えたお方だ」

「んー、なるほど。なるほど」

晴明はぶつぶつと呟くと、にやっと笑って振り返った。

「それは、面白い。よし、行こう」

「え？」

くるりと手のひらを反《かえ》すような晴明の態度に、博雅は目を丸くしている。晴明はふっと笑うと、さっさと歩きだした。

是邦に約束したことを思い出すが、別に客にするつもりは今もない。ただ、興味を引かれただけだ。

「いくぞ」

部屋を出ながら、ぞんざいな口調で促すと、博雅は不服げながらも慌てて追いかけてきた。滑るように歩く晴明を、博雅はばたばたと小走りに追う。

部屋を出て、徽子女王のもとへと向かう二人をじっと見送る影があった。

影は二人の姿が完全に見えなくなるまで、じっと息を殺し続ける。

足音ひとつ聞こえなくなってから、柱の陰から姿を現したのは、貞文だった。

彼はしばらく立ち尽くしたまま、二人が消えていった先を暗い目で見つめ続けていた。

4

突然の訪問になったが、徽子女王は快く博雅を迎えてくれた。

連れてきた晴明という男は陰陽師でもない、ただの学生だ。怪しまれても仕方ないと思っていたが、博雅が信頼する人物ならばとあっさりと御簾ごしの対面を許された。

博雅と晴明は女房たちに案内され、徽子の部屋に通された。御簾の向こうに彼女の気配を感じる。博雅と徽子はいとこにあたる。成人の儀を迎える前は、御簾の隔てなく、よく顔を合わせていた。あの頃の気安さを、御簾越しに対面する度に博雅は懐かしく思う。

しかしすぐさま、臣下に下った今、こうして側で声を聞くことを許されているだけ幸せではないかと思い直すのだった。

徽子の指示で、女房たちが和琴《わごん》を運んできた。琴は博雅と晴明の前に置かれる。

「この琴です……」

徽子女王の言葉に、晴明は琴を観察するようにじっと見た。桐の木目が美しい、優美な和琴だった。

「夜中に勝手に鳴りだすらしい」

「弦が切れる度に張り替えているのです」

博雅の説明に、徽子が言葉を加える。少女のように柔らかで、しかし、どこか老成したような落ち着きを感じさせる不思議な声。楽を愛する博雅は、彼女の声を聞くたびに、その音としての純粋な美しさに聞きほれる。

「どのくらい続いているのですか?」

晴明が尋ねた。晴明は徽子女王を前にしても、落ち着き払っていた。さすがに小馬鹿にするような態度を見せることはないが、かといってへりくだることもなく堂々としている。

「今夜切れたら、全ての弦が切れることになります」

ここが特に奇妙なところだった。夜中に勝手に鳴りだして、弦が切れるというだけでも不可思議なのだが、必ず切れたことがない場所の弦が切れるのだ。全ての弦が切れた時、何が起こるのか。考えるほどに不安になって、博雅は晴明のもとに向かったのだ。寺であの光景を見た瞬間、彼しかいないと思った。博雅は自分の直感には自信を持っている。印を結び、紅葉の葉を宙に滑らせた時の、まるで舞を踊るかのような淀みない手つきに、その実力を確信した。まだ学生だろうが関係ない。ほかならぬ徽子のためだ。

晴明でなければならないと必死になった。

徽子もまた晴明を前にして、そのただならぬ雰囲気を感じたのだろう。ずばりと問いかけた。

「晴明さま、あなたは見鬼《けんき》ですか？」

「ケンキ？」

聞きなれぬ言葉に思わず博雅が口を挟む。徽子は「鬼や、霊など、普通の人間が見ることができないものを見る力を持っている人のことです」と博雅に向かって丁寧に説明してくれた。

晴明は答えず、逆に徽子に向かって問う。

「あなたは見鬼なのですか？」

「時々……見えるような気がするのです。弦が切れた時に、龍がいたような……」

「龍が？」

博雅も初めて聞く話だった。龍などにわかには信じがたい話だが、徽子が言うならいたのだろう。博雅は徽子が決して大げさに騒ぎ立てる質ではないことを知っていた。

「……何か悪いことが起こるのでしょうか」

ぽつりと徽子が呟く。晴明は琴を見つめた。まるで琴の中の空洞まで透かして見るように、見つめている。

晴明は起こるとも起こらないとも答えなかった。

代わりに、博雅と共に寝ずの番を務めると申し出た。怪異が起こるのは夜中だ。はなからそのつもりであった博雅に否やはない。

二人は何かあるまで待機するようにと、釣殿《つりどの》に通された。建物の南端にある、池にせり出したような形の部屋だ。そこで釣りを楽しむこともあるため、釣殿と呼ばれるその部屋は、風が抜ける心地の良い場所だった。

とうに日は暮れ、空には大きな月が昇っている。

徽子の指示だろう、女房たちが次々に酒と肴《さかな》を運んできた。山のように盛られた棗《なつめ》や栗もある。思わず喉が鳴ったが、博雅は慌てて気を引き締めた。酒を飲みに来たのではない。徽子を怪異から守るために来たのだ。

晴明は柱にもたれ、わずかな明かりを反射して光る水面《みなも》を見つめていた。何かをずっと考えているようだ。その考えを晴明は一向に教えてくれない。

博雅は女房たちが姿を消したのを見計らって、声をかけた。

「徽子さまをどう思う？」

「惚れてる女に男が近づくと心配か？」

「な、な、何を言うのだ！」

博雅は狼狽《うろた》えた。この男の前で動揺を見せたらおしまいだと平静を装うが、うまくいかない。勝手に顔は赤くなり、言葉がもつれる。

晴明は振り返ってにやりと笑った。獲物を見つけたような、まるで舌なめずりでもするような笑みだ。晴明は博雅の横に膝を立てて座り、酒に手を伸ばした。

「なんだ。まだ手も握ってないのか」

「違う。違うぞ。そんな恐れ多い。身分が違うのだ。俺なんかが、触れてはいけない方なのだ」

必死だった。晴明にとっては単なる時間つぶしの戯《たわむ》れだろうが、単なる言葉であっても、徽子を汚すようで、否定しようと必死になる。しかし、必死になればなるほど、博雅は自分が大事に隠してきたことが丸裸になるような心地になった。

「身分？　んー、つまらん」

晴明はそう切って捨てると、手酌で玻璃《はり》の杯に酒を注ぎ、くいっと呷《あお》った。

「なぜ酒など飲んでいる。これから仕事じゃないか」

その手を思わず凝視しながら、博雅はたしなめる。晴明は見せつけるようにまた杯を干すと、ふっと笑った。

「飲んでいても、飲んでなくても変わらん。起こることは起こるし、起こらないことは起こらない」

「そんな、屁理屈！」

「屁理屈？　屁理屈じゃない。これは事実だ」

事実だと言われ、博雅の頭に鼠色のお手玉が浮かぶ。事実と真実についての晴明の話は、鮮烈に刻まれている。起こることは起こるし、起こらないことは起こらない、というのは確かにそうかもしれない。しかし、酒を飲んでいたら、起こることというのはやはりあるのではないか。いや、それもまた起こることは起こることなのか。頭がこんがらがってきた。

どうにも言葉でいいように丸め込まれているように感じられる。

じとっとした視線を向けると、晴明は杯を掲げてみせた。

「酒は嫌いか？　なかなか良い味だぞ」

また喉が鳴った。

博雅は杯から視線を引きはがすようにして、目をそらした。

「いや、私は飲まぬ」

晴明は黙って杯を傾けている。顔色一つ変えず、実にうまそうに飲んでいる。

「絶対に飲まぬ」

絶対にと言いながら、いつの間にか視線は酒へと向かう。

気づけば、手までが主の言葉を裏切り、しっかりと玻璃の杯をつかんでいた。

徽子は夢を見ていた。

伊勢にいた頃の夢だ。亀卜《きぼく》によって新たな斎宮に選ばれた徽子は、幼くして親と引き離され、ひとり伊勢で神に奉仕する日々を送った。常に心身を清めることを求められ、心が弾むようなことからは遠ざけられる日々だった。そんな日々の中で、博雅の訪《おとな》いだけが唯一の楽しみだった。色のない世界が、その時だけ色づくような気持ちだった。

伊勢では人と会うことも厳しく制限されていたが、いとこである博雅だけは琴の師として訪問を許されていたのだ。

博雅の教え方は感覚的ではあったが、徽子にはわかりやすかった。徽子はたちまち琴に夢中になった。

琴が上達してからは、博雅が一緒に龍笛《りゅうてき》を吹いてくれるようになった。様々な楽器を会得している博雅だが、一番得意としているのが龍笛だった。

琴を爪弾《つまび》きながら、徽子は笛を吹くその姿に見ほれた。博雅がいかにも楽し気に楽を奏でる度に、徽子の目には不思議な光景が見えた。一つ音を出すたびに、龍笛からふわりと小さな雲中供養菩薩《うんちゅうくようぼさつ》が現れ出る。淡く輝く菩薩は列をなして、ふわふわと宙に上っていく。

博雅には見えていないのだろう。菩薩たちには目もくれず、楽に没頭している。

それは徽子が見てきた中で一番美しい光景だった。

何より博雅が楽しそうなのが目を引いた。あまりに楽しそうで、徽子もつられたように笑顔になる。自分をよく見せようなどという余計な思いを持たず、ただただ純粋に音を楽しんでいるからこそ、菩薩たちもそれだけ神々しく輝いているのだと思えた。

徽子は博雅といる時だけは、斎宮であることを忘れられた。ただ神に仕えるためだけの存在ではなく、徽子としていられる気がしたのだ……。

夜中にふと目を覚ました時、徽子は微笑んでいた。

夢の余韻が残っていた。胸の奥がじんわりと温かい。

夢の光景を思い返しながら、徽子はゆっくりと体を起こす。そして、そっと呟いた。

「……博雅さま」


釣殿では、晴明が冷ややかな目を博雅に向けていた。

足を崩し、床にだらしなく座る博雅は、乱暴に杯を傾けながら、何が可笑《おか》しいのかひっきりなしに笑い声をあげている。完全な酔っ払いだ。

晴明は酒を勧めたことをいささか後悔していた。もともと戦力として期待していなかったとはいえ、ずっと酔っ払いの相手をするのも鬱陶《うっとう》しい。

「飲まれているな」

「大丈夫、大丈夫」

博雅はまったく大丈夫ではない口調で笑いながら答えると、また酒に手を伸ばした。用意された酒を最後の一滴まで注ぐ。

晴明も半分ほどは飲んだが、博雅とは違い、酔いの気配は微塵もなかった。

意識は冴《さ》え冴《ざ》えとしている。

そろそろだな。そう思った次の瞬間、ぽーんという音が遠くで響いた。琴の音だ。

「来たぞ」

晴明は手にしていた杯を置くと、素早く立ち上がった。

「え？」

琴の音が聞こえなかったのか、博雅は呆《ほう》けた顔で晴明を見ている。晴明は足早に音が聞こえる方へと向かった。

「おい」

おぼつかない足取りで、博雅が転げるようについてくる。

琴の音がようやく耳に届き、酔いも醒めたのだろう。少しはましな足取りとなった博雅が横に並ぶ。

二人は無言で音のもとへと急いだ。

音は琴が置かれている塗籠から聞こえてくる。

部屋に足を踏み入れた途端、淡く光る琴が目に入った。一本の弦がきらきらとした光の粒子を纏いながら、ひとりでに鳴っている。これがまだ切れていない最後の一本なのだろう。

博雅は息を飲むと、おずおずと琴に手を伸ばした。

「触るな」

晴明は鋭く制止する。博雅はびくっと体をすくませ、その手を止めた。博雅はそのまま魅入られたように鳴り続ける琴を見つめていたが、晴明はぐるりとあたりを見回していた。

「鳴っているのは弦ではないな」

「どういうことだ？」

「感じないか？」

「え？」

「振動」

晴明が足元を見ると、博雅はつられたように視線を落とした。

「……あ、揺れてる？　いや、酒のせいか」

博雅は素直に晴明の言う振動を感じようとするが、酔いが回った体では判断もつかないのだろう。ふらふらと体を揺らしながら、しきりに首を捻《ひね》っている。

「琴の弦は何かと共鳴しているんだ」

「共鳴？」

晴明はもう酔っ払いには構わず、無言で踵《きびす》を返した。鳴り続ける琴に背を向け、廊下を進む。高欄をふわりと飛び越え、裸足《はだし》のまま庭に出ると、あたりを照らす松明《たいまつ》に目を付けた。鉄の籠に盛られた松明から一本を抜き出す。

そして、その松明を黒々とした闇をたたえる床下へと向けた。

「何か見えるか」

追いかけてきた博雅が廊下の上から声をかける。

晴明は床下の格子の隙間から目を凝らした。確かに何かの気配を感じる。何かが音もなく鳴っていた。

遠くで鳴る琴の音も、どんどん大きくなっている。

「博雅、何か入れ物を持ってこい、蓋《ふた》ができるような」

晴明は体を起こすと、冷静な口調で命じた。身分が遥かに下の者に命じられても、名を呼び捨てられても、博雅は苛立ちひとつ見せなかった。「蓋？　大きさは？」と必要なことだけを聞いてくる。晴明はこの男を少し見直した。

「なんでもいい」

「わかった」

真剣な顔で頷くと、博雅は屋敷の奥へと駆けて行った。

鮮やかな橙色の着物を羽織った徽子は、音の方へと一心に歩を進めていた。追ってくる女房たちを振り切るように進む。もう少しで琴のある塗籠にたどり着くというところで、博雅と鉢合わせた。

「博雅さま」

「今、晴明殿が対応しています。徽子さまはお部屋へ」

博雅は早口に言うと、慌てた様子で奥へと駆けて行った。ただならぬ事態であることは、何も言われなくても、その切迫した表情でわかった。

博雅の姿が消えるまで見送ると、徽子は音の方へと向き直る。

「徽子さま！」

お戻りくださいとしきりに促す女房たちの言葉にも耳を貸さず、徽子は再びほとんど駆けるように歩き出した。

ひどく胸騒ぎがする。音が、呼んでいる気がした。


晴明は床下の暗闇をじっと見ている。

ただ一方的に見ているのではない、何かがこちらを見ている。油断ならないものと対《たい》峙《じ》し続けているという感覚があった。

博雅にしては軽い足音が近づいてくる。

晴明は顔を上げた。橙の衣を翻し、慌てた様子で女性が近づいてくる。御簾越しに感じた気配と同じ、柔らかいが凜《りん》とした雰囲気を纏っている。徽子だとすぐにわかった。

「来るな！」

鋭い声で制止する。徽子はびくりと体をすくませ、足を止めた。

晴明ははっと床下に視線を戻した。

徽子の気配に、暗闇の奥がざわめきだしたのを感じる。わき立っている。

まずい。そう思った次の瞬間、床下から光の粒があふれ出た。琴の弦にまとわりついていたものと同じ光だった。光の粒は帯となり、晴明の衣を弄《もてあそ》ぶかのように巻き上げると、そのままの勢いでまっすぐ徽子に向かった。

「龍が！」

徽子が恐怖に顔を強張らせ、悲痛な声を上げる。

徽子には、光の帯が大きな口を開けて迫る龍に見えているのだろう。徽子に巻き付くようにぐるぐると旋回し、まるで天に舞うように橙色の着物をはためかせる光は、晴明の目にも時折、はっきりと金の龍に見えた。

光の渦が巻き起こす激しい旋風にもまれ、徽子はうまく息も出来ずにいる。風はあたりにも広がり、あらゆるものを巻き上げる。晴明も足を踏ん張り、立っているのがやっとだった。

明らかに光は意志をもって、風を起こしていた。このまま徽子を空高く、連れ去ろうとしている。

風に飛ばされた玉砂利が、鋭く肩を打つ。しかし、晴明は表情ひとつ変えず、じりじりとした思いで、博雅が戻ってくるのを待ち続ける。その額にはうっすらと汗が滲んでいた。

「徽子さま！」

ようやく博雅が姿を現した。目の前の光景に立ちすくんでいる。

「博雅、瓶《びん》を！」

晴明が叫ぶと、はっと我に返った様子の博雅は手にした香水瓶に目をやった。一瞬の躊躇《ちゅうちょ》のあと、勢いよく晴明に向かって投げつける。博雅の狙いは確かだった。しっかりと左手で受け止めた晴明は、流れるような動作で栓を抜く。そして、左手に香水瓶を握りしめたまま、右手で印を結び、呪を唱えた。

「天清清地霊霊　五彩祥雲上下虚空

千里の願い遥かに聞く

十方清浄、四方清浄、中央清浄、

天に穢れなく、地に穢れなし」

激しい風が変わらず晴明にからみつくように旋回し、着物を巻き上げているが、もうその体は微塵も揺らがなかった。風がうなる中、静謐《せいひつ》な空気さえその周りに漂っている。

呪を唱えた後、瓶を光の帯へと向ける。するとたちまち光は風と共にするすると瓶に吸い込まれていった。あれほど荒れ狂っていた風もおさまっていく。

光の渦から解放された徽子は、崩れるように倒れ込んだ。

「徽子さま」

慌てて、博雅が駆け寄り、抱き留める。博雅の腕の中で、徽子は意識を失っていた。

長い時間をかけて、全ての光が小さな香水瓶に収まる。

晴明は慌てることなく、しっかりと栓をした。

徽子の意識はまだしばらく戻りそうになかった。

博雅は徽子を女房たちに託し、もう心配ないとだけ告げ、屋敷を辞すことにした。

しんと静まり返った夜の庭に、砂利を踏む、博雅と晴明の足音だけが響く。

「何だ、あれは！　徽子さまを危険な目に遭わせて！」

先を行く晴明に、博雅は食ってかかる。自分ならともかく、徽子さまの問題なのだ。一か八かでは困る。晴明といえども実際、怪異を目の当たりにするまでは、対策の立てようもなかったのかもしれない。しかし、涼し気な顔を見ていると、全て承知の上での賭けだったのではないかと勘繰りたくもなる。

「解決したからいいではないか」

「よくない！」

噛みつくように答えるが、晴明はうっすら笑っている。やっぱりすべてわかっていたんじゃなかろうか。博雅はむっとしながら、その背中を睨みつける。

「どうだった？　好きな女を初めて腕に抱いた気持ちは」

不意に晴明に問われ、あの時の感覚が瞬時によみがえる。永遠のような、一瞬のような時だった。

「それは……やわらかくって……いい香りがして……」

思わず顔がだらしなく笑み崩れる。

まだまだ先をつづけようとした博雅は、晴明がにやにやとしながら自分を見ているのに気づき、はっと言葉を切った。慌てて話題を変える。

「そんなことはどうでもいい。それより、あの玻璃瓶は？　何か封じ込めたのか？」

「……見るか？」

門を出たところで、晴明は足を止めた。博雅も足を止め、「ああ」と大きく頷く。

興味があるのは本当だ。晴明が無造作に目の前に突き付けた香水瓶を、博雅はまじまじと眺めた。

徽子はゆっくりと目を開いた。

女房達が団扇《うちわ》で送る風を頰に感じる。

天井が目に入った。見慣れた自分の部屋の天井だ。

一瞬全ては夢だったのかと思い、すぐにそうではないと思いなおす。あの信じられないような光景も、自分をなぶる激しい風も、全てはっきりと覚えている。感覚として体が覚えている。

徽子ははっとして、身を起こした。すかさず女房たちが上にかけていた衣を着せてくれる。体が細かく震えていた。思わず衣の合わせをぎゅっと握る。

「博雅さまは？」

震える声で尋ねた。答えを聞くのが怖くてたまらない。しかし、確かめずにはおれなかった。

「もう、お帰りになりました」

女房の答えにほっと胸を撫でおろす。無事だったということだ。

「晴明は？　なんて？」

続けて尋ねると、女房は宥《なだ》めるような笑みを浮かべ、答えた。

「もう、音が聞こえることはないだろうとおっしゃっていましたよ」

「……そう」

徽子は俯《うつむ》きながら、息のような小さな声で言った。もう悩まされることはないと安心する気持ちは確かにある。しかし、どこかでほんの少し残念に思う気持ちがあった。

自分を心配し、顔を見せては、笛の音を聞かせてくれたあの人。

あの人が訪ねてくる理由が、一つ消えてしまった。

あの金の龍と共に。

「いったい何があったのですか？　急に意識を失って……」

女房の言葉に、また鮮明にあの光の奔流を思い出す。光と風にもみくちゃにされ続けたあの時間。

「見えなかった？」

「いたのよ。金色の龍が……晴明がつかまえたわ」

まっすぐに自分へと突っ込んできた金色の龍。あの時、徽子は動けずにいた。恐ろしくて立ちすくんでいただけではない。あの輝きに、魅入られていた。

光に襲われていた間もただ怖かっただけではなかった。どこか血がわき立つようなあの感覚。あれは、なんだったのだろう。

しかし、確かめようにももう金の龍はいない。晴明がつかまえてしまった。

胸の奥を一筋の冷たい風が吹き抜ける。徽子は大きく身震いをした。

門の横に置かれた篝火《かがりび》に向かって、博雅は晴明に手渡された香水瓶をかざした。顔を近づけてまじまじと眺める。あらゆる角度から中身を確かめようとするが、見えるのはただの透明な玻璃瓶だ。一粒の光さえ見えない。

「何もいないぞ……」

「見えぬのか？　それは残念だな」

珍しく皮肉気でも、小馬鹿にするでもない、優しい口調だった。

「どういうことだ？」

眉をひそめて尋ねるが、晴明は答えない。晴明には瓶の中身が見えているというのだろうか。では、見えるのが事実なのか。見えていない自分は何かまた呪にでもかかっているのか。考え出すと、こんがらがってくる。

晴明は博雅の手からひょいと玻璃瓶を取り上げた。

「まあ、いい」

晴明は躊躇いなく香水瓶の蓋を開けた。博雅は封じ込めた龍が飛び出してくるのではないかと身構えたが、何も起こらない。やはり空《から》だったのかと思ったが、晴明は見えない何かを目で追うように、空を見上げていた。

やはり何かいたのだな。

即座に思い直し、博雅は晴明を真似て夜空を見上げる。

確かに、何かが、空に昇っていったのだ。

空には月が輝いている。背筋がぞくりとするほどに美しい月だった。

5

薄暗い小さな部屋には、大小さまざまな壺が乱雑に置かれていた。

部屋にはじっとりとした不快な湿気と、どこか生臭い血のような臭いが充満している。並みの者であれば、たちまち逃げ出したくなるようなその部屋で、男はうっすら笑みすら浮かべて作業に没頭していた。その口元は小さく動き続けている。呪を、唱えているのだ。

呪を唱えながら、小さな壺の一つから箸で摘まみ上げたのは、毒虫だ。尻の針で刺されれば、体が腫《は》れあがり、腐り落ちる。そんな虫を恐れるどころか、愛《め》でるような表情で男は眺め、大きな壺に入れる。

周囲の壺を開けては毒虫を取り出し、男は次々に大きな壺に入れていく。最後には厚手の皮の手袋をはめ、蛇をつかみだすと、無理やり壺に押し込んだ。

壺の中には生き物たちがひしめいている。ぎゅうぎゅうに押し込まれた中で、生きようと藻掻《もが》いている。その様子に満足げに嗤《わら》うと、男は壺に封をした。

生臭い臭いがひときわ濃く立ち込める。

部屋には男の微かな呪の声と、つるりとした壺の内側をひっかくキシキシという耳障りな音が響き続けていた。


その事件が発覚したのは、まだ夜の名残が残る早朝のことだった。

「奥方さま！」

しんと静まり返っていた貴族の屋敷に、使用人のただならぬ叫び声が響き渡る。使用人は叫びながら、音を立てて廊下を走り続けていた。

「泰家さまが！」

使用人は泰家の母親の部屋に飛び込んだ。蒼白な顔は引きつっている。もつれる舌で語られる話を半分も聞かぬうちに、母親は部屋を飛び出した。長い髪を振り乱して走り出す。

向かった先は庭にある井戸だった。

裸足のまま、足裏に石が食い込むのも構わず井戸に駆け寄り、覗き込む。

母親は思わずひいっとかん高い悲鳴を上げて、へたり込んだ。うわごとのように「泰家」と呟いている。

井戸の底にいたのは、大事な大事な息子だった。陰陽寮で得業生にまでなった、自慢の息子。その息子が水の中からかっと目を見開いてこっちを見返していた。

母親は井戸の側でへたり込み、ガタガタ震え続ける。見たのは一瞬だというのに、井戸の底の姿は目にくっきりと焼き付いている。驚愕の一瞬が永遠に刻まれた白い顔、血のように井戸の底に広がる、鮮やかな赤い衣、こっちに向かって少し伸ばされたような手。まるで水の底で時を止められてしまったようなその死にざまに、彼女はただ息子の名前を呼び続けることしかできなかった。

陰陽寮の廊下を是邦、忠行、暦博士、漏刻博士の四人が駆けてゆく。普段、もったいつけているかと思うほどゆったりと動く博士たちが、必死の表情で駆けてゆくのだ。学生たちは慌てて道を譲りながら、信じられないものを見るかのような目で見送った。

博士たちは部屋に駆け込むと、息が整うのも待たず、陰陽頭に報告をした。

「呪い殺された？」

陰陽頭は報告に顔色一つ変えなかった。

「……これが屋敷に」

暦博士が手にしていたものを慎重に机に置く。包んでいた布をそっと開くと、中から出てきたのは木簡《もっかん》だった。墨で文字が書かれている。人を呪い殺すための言葉。明らかに呪詛《じゅそ》の木簡だった。

「ない……ないない」

陰陽頭は、考える間もなく一蹴した。

「うーん。自殺だな」

軽い調子でそう断言する。博士たちは困惑した顔で陰陽頭を見つめた。呪詛の木簡を前に、そう言い切る陰陽頭の意図を測りかねていた。

「は、自殺？　なにゆえ」

たまりかねて暦博士が問う。

「成績で悩んでおったのだ」

答える陰陽頭の言葉はいかにも軽い。暦博士は少し笑って反論した。

「成績で悩むような男では……」

成績が悪ければ、問題や採点する者が悪いと思うのが泰家のはずだ。自分が悪いなどと反省し、悩むような男では決してない。

それは近くで接することの多い博士であれば、皆知っていることのはずだった。

不意に陰陽頭の表情が変わった。相手を平伏させるような険しい表情に、暦博士は思わず言葉を途切れさせる。

「陰陽寮の得業生が、呪い殺されたなど、あってはならぬこと」

陰陽頭は厳しい口調で言い渡した。

「そんなことが知られたら、我々の権威が地に落ちる」

「では、お上にはそう報告しておきましょう」

是邦がすかさずおもねるように賛同した。満足げに陰陽頭が頷くのを見て、忠行が慌てて意見する。

「お上はいいとしても、我々としては、誰が何の目的で、得業生を呪い殺したのか調べませんと……」

このままでは、全てがうやむやにされると恐れての言葉だった。犯人の目的もわからないままに野放しにするのは、危険が大きすぎる。犯人は実際に呪い殺す力を持っているかもしれないのだ。

しかし、陰陽頭はその言葉に何も言わなかった。少し思案するような顔で、黙り込んでいる。

「ところで、次の得業生は誰にしましょう?」

是邦がまた陰陽頭の顔色を見て、話題を変える。泰家が死んですぐに話題にすることはないような気もするが、新しく得業生を決める必要があるのも確かだ。博士たちはすぐその話題に乗った。

「私は安倍晴明を推しますが」

忠行の言葉に、暦博士は「晴明？」と大きく眉をひそめた。

「あの、怠け者を？」

ほとんど授業に顔を出さず、授業の内容を軽んじていることを隠しもしない晴明は、博士たちにとってただの目障りな怠け者だ。

「ですが、才能はピカイチ」

忠行の言葉に是邦はくつくつと笑い出した。笑みをたたえながら、絹のようにとろりと滑らかな声で、嫌みをぶつける。

「それは、あまりにも露骨な贔屓《ひいき》。いくらあなたの愛弟子とはいえ」

「晴明より才能がある者がいるというのか？」

落ち着いた、しかしどこか凄みのある声で、忠行が問う。是邦の顔からすうっと笑みが消えた。是邦も晴明の才能は認めているのだ。

博士たちの間にピリピリとした緊張感が走る。

得業生というのは、正式な陰陽師にもっとも近い存在だ。自分の息のかかった者が得業生になるかどうかは、多くの博士たちにとって重大な問題だった。皆一人でも多く手駒を増やしたいと思っているのだ。

牽制するように、にらみ合う博士たちの間に割って入ったのは、陰陽頭だった。

「例えば、このようなことでは、どうだ」

もったいぶった口調で提案する。その顔には余裕の笑みさえ浮かんでいた。


広い教室にはすべての学生たちが集められていた。

いつも以上に香が強く焚かれている。人が多いこともあるのか、少し息苦しいと思うほどだった。

貞文はこっそりと視線を巡らせる。学生たちは皆一様に強張った緊張した顔をしていた。それでいてどこか興奮を押し殺したような雰囲気が教室を包んでいる。

泰家が死んだという知らせは、学生たちの耳にも届いていた。多くの恨みを買っていた泰家だけに、その死を口にする者たちは皆、どこか愉《たの》し気《げ》でさえあった。

貞文もその死を知った瞬間、思わず笑みが漏れた。自分が心の奥で呪い続けていた相手が死んだ上に、得業生の座が空いたのだ。吉報でしかなかった。

きっとこれから得業生のことについて、説明があるのだろう。貞文は笑みを殺し、気を引き締める。これはきっと自分にとって最後の機会だ。

興奮に顔を赤らめた学生たちに交じって、晴明の姿もあった。無理やりに連れてこられたのだろう、退屈そうにしている。その顔が目に入った途端、貞文は目をそらした。高揚する気持ちに、水を差されたような気分だった。

しばらくして、堂々とした足取りで教室に入ってきたのは是邦だった。

学生たちの顔を見渡し、たっぷりと間を取ると、是邦は重々しく告げた。

「集まってもらったのは、他でもない。皆、聞き及んでいると思うが、今朝、得業生の泰家が死んだ」

博士の口から改めて聞かされた泰家の死に、学生たちはごくりと唾を飲んだ。

「死因は何だったのですか」

凜とした声で質問の声を上げたのは、兼茂だ。火箸を押し付けられた時の慌てふためく様が嘘のような理知的な顔で、問いただす。

「表向きは自殺。だが、実際は何者かに殺された」

学生たちがどよめく。是邦は手にしていたものを高く掲げた。布に包まれた木簡だ。

貞文はじっと目を凝らす。すぐにそれが何かに気づき、ぞっと身を震わせた。

「この呪いの札が、泰家の屋敷から見つかった。例えば……もし、犯人の動機が、得業生という地位だとしたら」

是邦は学生一人一人の顔を思わせぶりにじっと見ながらつづけた。

「お前たち全員に動機があることになる……どうだ？　犯人はお前たちの中の誰かか？」

学生たちはそろりと互いに顔を見合わせる。その顔には戸惑いと、微かな不信の色があった。

「次の得業生は、誰なんです？」

学生たち誰もが気になっていたことをずばりと口にしたのは、義忠だった。

是邦はゆっくりと木簡を袂《たもと》にしまい込みながら、学生たちの視線が完全に集まるのを待って口を開いた。

「泰家を殺した犯人とその動機を解明すること。それを得業生への昇級試験とする」

自殺だと明かされた時以上に、学生たちはどよめいた。その顔には笑みすら浮かんでいる。「死んで役に立つことがあるんだな」などとあからさまなことを口にする者さえいる。貞文も口にこそ出さなかったが、同じ気持ちだった。初めて泰家に感謝してもいいとさえ思う。

「呪い殺されたことは極秘だ。いいな」

是邦は厳しい口調で言い渡す。どこか浮ついた気持ちでいた学生たちはたちまち口を閉ざし、姿勢を正した。

そんな中、ふらりと歩き出した者がいた。是邦に背を向け、無言のまま教室を出ようとする。

「どこへ行く？」

その言葉に一斉に学生たちの視線が向く。是邦が咎めたのは晴明だった。晴明は振り返ると、まっすぐ是邦の顔を見た。

「得業生など、興味ありませんから」

さらりと告げた言葉に、貞文は自分の人生を馬鹿にされたように感じた。皆が喉から手が出るほど欲しいものを、この男は鼻で笑ったのだ。皆も同じ気持ちなのだろう。晴明を睨みつけている。

「何故《なぜ》だ？」

是邦は流石《さすが》に落ち着いていた。まっすぐ視線を返して短く問う。

「得業生になって何になるんですか？」

淡々と告げられたその言葉は、やけに挑発的に響いた。貞文は思わずぎりぎりと奥歯を嚙みしめる。澄ました顔のこの男が、ひどく憎かった。

「陰陽博士の忠行殿は、お前を得業生にと言っていたが……」

是邦の言葉に、学生たちの視線がより一層鋭さを増す。それは是邦の意図するところだったのだろう。是邦の口元に、満足げな笑みが浮かぶ。

「それは、師弟関係だからですか？　依怙《えこ》贔屓では？」

義忠が鋭い声を上げる。それは学生皆の声だった。晴明は義忠に視線を向けて、告げた。

「安心しろ、俺は興味がないと言ってるんだ」

そう言われても、誰も視線を和《やわ》らげたりはしなかった。貞文もそうだった。ますます憎らしいと思うだけだ。

「忠行殿の期待に添わなくていいのか？」

是邦の問いに、晴明は珍しく一瞬だけ躊躇した。

「……かまいません」

躊躇はしたが、答え自体に迷いはなかった。是邦は晴明の顔を目を細めてじっと見つめ、「そうか」と思わせぶりに言った。

「ならば、得業生候補からは外そう。だが、試験は試験。学生である限り、試験は受けてもらう」

「……命令ということですか？」

「そうだ」

間髪いれず、抑えつけるような口調で答えると、是邦は学生皆に告げた。

「五日後の午《うま》の刻《こく》を期限とする」

晴明は何も言わなかった。そのまま背を向け、するりと教室を出ていく。

陰陽寮の組織そのものに砂をかけるようなその態度に、学生たちは罵《のの》り声を上げる。

「静かに」

是邦の怒声がびりびりと教室を震わせる。ぴたりと声は収まった。皆、慌てて前に向き直り、整列する。

「官僚・陰陽師になるための第一歩だ。全力を尽くせ」

重々しい声に、学生たちの顔が引き締まった。

貞文も興奮をなんとか抑え込み、真剣な顔で是邦を見つめる。

得業生の座に手を伸ばす機会がやっと自分にも巡ってきた。いい知らせを待ち続ける老いた母の姿を思い浮かべ、貞文の落ち窪んだ目が鋭く光る。

一刻も早くこの教室を飛び出したくて仕方がなかった。誰よりも早く手掛かりをつかみたい。

何より晴明の行動が気になった。得業生候補から外れたとはいえ、試験には参加するのだ。晴明であれば、見当もつかない方法で犯人を突き止めてもおかしくない。そうなったらどうなるのだろう。晴明は得業生にはならないのかもしれないが、貞文たちもまた得業生になる資格を失ってしまう。官僚へと大きく近づく機会は、自分の年齢ではきっともう二度と手に入らない。

晴明にだって、負けるものか。

貞文は爪が食い込むほどに強く両拳を握りしめた。

誰もいない廊下に、晴明の足音が響く。

さて、どこに向かうか。珍しく晴明は迷っていた。教室を出ようとしたときには、まっすぐ書庫に向かうつもりでいた。

しかし、犯人を捜せと是邦に言われた。命令だと釘まで刺された。

これを無視して、書庫に引きこもっていては、きっと忠行まで悪く言われるのだろう。

「晴明」

横の部屋から姿を現したのは、まさにちょうど頭に描いていた忠行その人だった。

先程までの教室でのやりとりを耳にしたのか、忠行はなにかを見定めるように、晴明をじっと見つめた。

「お前は、陰陽師になりたくはないのか。陰陽師になって、帝の陰陽師を目指さないのか。その為にはまず得業生にならなければ」

晴明を思っての言葉に聞こえた。しかし、弟子の地位を引き上げることで、自分の立場を盤石《ばんじゃく》にしようという意図があるようにも聞こえる。人の表情や、声音を読むことには自信がある晴明だったが、この人の心は未だにうまく読めずにいる。

大変な狸《たぬき》なのかもしれない。しかし、この人がずっと晴明を気にかけてくれたことは事実であり、大きな恩があることもまた事実だった。

「あなたがみなしごの私を拾って、育ててくれたことは、感謝しています。食べ物と寝床を与え、字の読み書きを教えてくれたことにも。でなければとうに死んでいたことでしょう」

珍しく謙虚な姿勢で気持ちを伝える。忠行は相も変わらず読めない表情でじっと聞いていた。

「いいつけを守って陰陽寮にも入りました」

晴明の才能を知った忠行は陰陽寮に入ることにこだわった。それまでの恩に対し、対価を求めることもなかった男のたっての頼みを、晴明は断れなかった。

晴明は忠行に背を向けゆっくりと歩き出した。

「でも、職を維持するために、居もしない『鬼』を広めてその恐怖を吹聴し、怪しげな占いや儀式を用いてさらに不安を煽り、ないものをさもあるかのように見せかける『陰陽師』などという仕事にはまったく興味がもてないんです」

晴明の口元は皮肉気に歪んでいる。しかし、全ては本心だった。忠行だからこそ、その問いにこうして丁寧に答えているのだ。

「生きていれば、いつか両親を殺したやつを捜し出せる……そう思っているだけです」

忠行は父親と親しく付き合っていたと聞いている。だからこそ、忠行はひとりになった晴明を育ててくれた。忠行が両親を殺したはずはない。そう思いたい気持ちはある。しかし、晴明の理性がそれは理屈に合わないと告げるのだ。自分を育ててくれたことは、無罪の証《あかし》ではない、と。

これだけ世話になった人でさえも信じ切れず、理性で判断しようとする自分を、人は冷たいと詰《なじ》るのだろう。しかし、それに対して、悲しいとも寂しいとも思えない自分は、何かが欠けているのだろうなとも思う。

晴明は忠行に負けないほど、きれいに内心を包み隠し、穏やかな顔で告げる。

「ご心配なく。試験は受けますよ。命令ですからね。そして、一番に犯人を見つけます」

忠行に背を向け、再び歩き出す。もうその足取りに迷いはなくなっていた。

書庫に向かうという選択肢は、忠行と話すうちに消えてなくなっていた。

命令に応え、成果を上げてみせるぐらいの恩は、感じている。

さて、何から手を付けるか。歩きながらもその頭脳はめまぐるしく回転している。

残された忠行は、ただじっと宙を見ていた。晴明を気遣っているようにも、策謀を練っているようにも見える顔。

ひとりであってもその表情は読みづらく、忠行という男を老獪《ろうかい》に見せていた。

6

得業生の試験を前に、陰陽寮の授業は休みとなった。

自然、学生のすべての時間は犯人捜しにあてられることになる。

学生たちの一部は教室にこもり、占いを行った。水甕《みずがめ》に浮かべた紙片《しへん》の文字を読み取る水卜《みうら》をする者、方位で占う者、調べ上げた生年月日で占う者。それぞれが得意とする占いで、犯人の居場所や名前を突き止めようとする。皆熱に浮かされたように、それぞれの行為に熱中し、目をぎらつかせている。教室は異様な雰囲気に包まれていた。

ひとりの力では埒《らち》が明かないと思ったのだろう。学生たちは数人ずつ協力して占いを進めていた。占いの結果が出る度に、仲間として興奮を共有し喜び合ったが、ふと油断ならない目を互いに向け合うことがあった。得業生の座を得るのはたったの一人。今協力し合っていても、最後には蹴落とすべき相手でもあるのだ。

学生たちの一部は占いに頼らず、直接、調べようと泰家の屋敷に向かった。その一団の先頭に立っていたのは兼茂だ。授業中に発言を許されることも多く、博士たちの覚えもめでたい自分こそが、次の得業生にはふさわしいと誰より張り切っていた。

しかし、官僚でもない学生たちは、泰家の家族に取り次いでもらうことさえできなかった。

「泰家どのは、どのようにして亡くなったんですか？」

追い返そうとする使用人に、兼茂はなんとか食い下がろうとするが、取りつく島もなかった。使用人は扉を閉めながら、手にしたハタキを乱暴に振り回す。

「帰った、帰った。お前たちが来るようなところじゃない。迷惑だろう！」

兼茂たちの前で無情にも扉が閉ざされる。兼茂たちは何の成果もないまま、屋敷を追い返されてしまった。

貞文はそんな学生たちの騒ぎを横目に見ていた。いつものように雑用を押し付けようと貞文に声をかける者もいたが、貞文は既に組む相手が決まっているかのように装い、誰の誘いにも乗らなかった。皆が目の色を変え、犯人捜しに熱中する中、貞文はそっとひとり行動を開始した。向かう先は、陰陽寮の奥。博士たちの部屋だ。

「学生の貞文です」

貞文は迷いない足取りで部屋に入ると、一段低い所ですっと片膝を立てて座った。

貞文は堂々と名乗った。正面には陰陽頭が座っている。

「何か？」

威圧するように見下ろされても、貞文は動じなかった。見すぼらしい衣で胸を張る。自分は今一番、得業生に近い場所にいるという震えるような思いが、その背中をしっかりと支えていた。

「学生全員の筆跡を見たいのですが」

貞文は固い口調で述べた。それぞれの仕事をこなしていた博士たちが一斉に顔を上げ、貞文に視線を注ぐ。これまで、道端の小石ほどにも関心を払われていなかった自分に注がれた確かな関心。

貞文は高揚する気持ちを押し殺しながら、陰陽頭を怖いほどの真剣な顔で見つめる。早く犯人を見つけ出したかった。自分の未来のために、必要な贄《にえ》……。

貞文は陰陽頭の力を借りるべく、ゆっくりと口を開いた。


どこか悲し気な笛の音だった。

一心に笛を吹きながら、自分はどこか寂しいのだろうかと博雅は思う。しかし、笛の音に寄り添うような琴の音に、博雅は知らず知らずのうちに微笑んでいた。笛の音が柔らかくなったのが自分でもわかった。

琴を奏でているのは徽子女王だ。

博雅は琴の稽古のため、久しぶりに徽子の屋敷を訪れていた。

稽古ということで、徽子のたっての希望もあり、二人は御簾もなしに対面している。二人の距離はだいぶたっぷりと取られていたが、その目ではっきりと彼女の顔を正面から見るのは久しぶりのことだった。

笛の音と琴の音。二つの音がまるで手を取り合うように、響きあう。徽子とふたり、言葉もなく、会話をしているようだった。

博雅の笑みが大きくなる、それを見た徽子も笑っていた。二人で微笑みながら、演奏を続ける。もう笛の音に、悲しい響きはなくなっていた。琴の音も心なしか温かく、弾むように聞こえる。

音を合わせるほどに、博雅は身分を忘れた。自分を縛りつけ、彼女と隔てる身分が消えてなくなり、心が自由になっていく。

微笑む徽子を見ながら、この時間が少しでも長く続くことを願う。しかし、やがて曲の終わりが訪れた。博雅は笛をゆっくりと下ろし、目の前の床に置く。

しんとした静けさが広がる。

博雅は再び徽子と視線を合わせた。二人は阿吽《あうん》の呼吸で、同時に袖をふわりと整え、深く一礼した。

徽子は琴をそっと脇に押しやる。女房がすすっと近づき、琴を下げた。まるで大事な我が子でも見守るように、徽子は女房が抱えた琴を見送る。

その横顔に、博雅は見ほれた。

少女のようでいて、どこか包容力さえ感じさせるような大らかな微笑み。

博雅が敬いつつも、慈《いつく》しんできた少女は、いつしか美しい大人の女性になっていた。

博雅のまなざしに気づいたのか、不意に徽子がこちらを向いた。「何か?」と問うように笑う。ぱっと花が咲いたようだった。

気づけば、徽子が人払いしたのか、何人もいた女房達は姿を消している。部屋にいるのは二人だけだ。

博雅はどぎまぎとして、目を伏せる。慌てて言葉を探るが、適当な言葉が見つからない。

「あ、いや。あの……その後、如何《いかが》ですか」

しきりに瞬きしながら絞りだしたのは、なんとも凡庸《ぼんよう》な言葉だった。何か違う言葉を待っていたのか、徽子の表情が一瞬曇る。しかし、すぐに彼女はにっこりと笑った。

「はい、晴明のおかげで音は鳴りやみました」

よかったと博雅は胸を撫でおろす。こんな自分でも少しは彼女の役に立てたと思うとうれしい。

「……でも……」

徽子は目を伏せ、言葉を切った。

「何か？」

博雅の問いに徽子はしばらく黙っていた。そして、ゆっくりと顔を上げると、博雅を通して遠くを見るような目で微笑んだ。

「博雅さま、覚えていますか、伊勢でのこと」

徽子は立ち上がり、しずしずと歩き出した。博雅の横を抜け、庭に面した廊下へと向かう。衣擦れの音とともに、ふわりと控えめな香の香りが立ち上った。徽子らしい上品な香りに、また博雅はどぎまぎとする。

匂いが感じられるほどの距離は、久しぶりのことだ。

博雅は思わず立ち上がり、後を追った。

「はい。昨日のことのように覚えています。親元を離れて、一人、神様にお仕えするのはさぞ心細かったでしょう」

「あの時、博雅さまがいてくれて……本当に心強く思いました」

社交辞令などではない、心からの言葉だった。博雅の脳裏に、少女の姿が浮かぶ。多くの人に囲まれながら、いつでもぽつんとひとりで過ごしていた少女。顔を見せる度、その彼女が綻《ほころ》ぶような笑顔を見せるようになったことを、ありありと思い出した。その時の、この方を一生お支えしようと思った気持ちも。

「こうして、都に戻ってきて、また琴を教えていただけることになるとは思ってもみませんでした。でも……」

徽子はゆっくりと振り返った。笑みは口元に残っていたが、その表情は何ともはかなげだった。

「でも？」

博雅がそっと問うと、徽子は無理に微笑んだ。

「何故かまだ……寂しいのです。まだ何か欠けているような……満たされない気持ちがあるのです」

徽子は自分の気持ちを確かめるように、訥々《とつとつ》と語った。

心細げな微笑みに、博雅はたまらない気持ちになった。自分の中の何かが、徽子の寂しさと共鳴していた。

博雅は廊下に降りて、徽子の正面に立った。

「徽子さま……私は徽子さまの為でしたらなんでも致します」

「え？」

徽子は瞬きもせず、呼吸さえ忘れたように博雅に視線を注ぐ。博雅も真剣な表情でまっすぐに見つめた。

「徽子さま。私とあなたは年の離れたいとこです。でも、あなたと違い、もう皇族ではなく、ただのしがない役人です」

「……博雅さま」

徽子の目はそんなことはないと告げている。博雅は、博雅だと。その視線に勇気づけられ、博雅は言葉に力を籠める。

「……でも、万が一、万が一でも、そんな私を……」

一生口にするまいと思っていた言葉が、今にもあふれ出ようとしている。じっと見上げる徽子の視線は、その言葉を待っているようにも見える。

ごくりと大きく唾を飲んだ博雅は、背後から聞こえてきた騒がしい声に思わず振り返った。確かに「晴明」と聞こえる。慌てたように女房達が、口々に叫んでいる。

「晴明？」

あまりに意外な名前に、博雅は思わず素っ頓狂な声を上げた。先ほどまで二人の間に漂っていた空気は霧散していた。万能感にも似た気持ちも、消え失せている。

じゃりじゃりと庭の石を踏む音がする。見れば、当たり前のような顔で、晴明が庭を歩いていた。晴明は屋敷の主人である徽子に挨拶することもなく、博雅に向かって声をかけた。

「博雅、ここにいると聞いてきた。お前の力を借りたい」

「私の？」

何が何だかわからなかった。筋などない出鱈目な夢を見ているようだ。

晴明はひどく急《せ》いていた。博雅は混乱したまま、引きずられるように屋敷を後にする。

晴明の頼みを聞くのは別にいい。自分の頼みを聞いてもらったのだから、今度は自分の番だ。とはいえ、徽子と十分に話せなかったことが心にかかる。博雅を見送る彼女の微笑みが、どこか泣きそうに歪んで見えたことも。

伝えられなかった言葉は、もう二度と口にできそうにない。晴明の邪魔が入ったことを恨めしく思いつつ、博雅はどこかでほっとしていた。演奏の続きのようなあの特別な時間。もう過ぎてしまえば、ただただ恐れ多かった。

7

泰家の屋敷の門がそろりと開き、使用人が顔を出す。前に立つ晴明の格好をじろりと見て、使用人は鼻を鳴らした。

「また陰陽寮の学生か、ダメだと言ってるだろう」

学生たちが何度となく押し寄せたのだろう、男はうんざりした様子で吐き捨てた。晴明は無言で、背後に視線を送る。男はつられたように視線を動かし、はっとした。

晴明の背後に立っていたのは博雅だ。自分の中の一等貴族らしい顔で、何かを待つようにじっと立っている。使用人はその出で立ちから、高貴な身分であることを即座に見て取った。見下すような表情を一変させ、慌てて膝をつき平伏する。

そして、閉ざされていた門は、二人を前にたちまち大きく開かれた。


屋敷に入ってすぐに晴明は使用人に向かって、井戸が見たいといった。先に屋敷の主に挨拶をする気もないらしい。

急ぎ足で向かう晴明のあとを、博雅は得意げな笑みを浮かべ、ついていく。

「誰のおかげで入れたと思うんだ」

「何故、ついてくる？」

「入った。だからもう用はない」

ぽんぽんと小気味いいほどの速さで言葉が返ってくる。晴明と言葉を交わすのはこれが二回目だとはとても信じられない。身分も時間も軽々と飛び越えてくる。こんな人間に会うのは初めてだった。

晴明はこちらを見ることもなく、口調も素っ気ないが、博雅は得意げな表情を浮かべたままだ。

貴族の屋敷に入るために、顔だけ貸してほしいと言われ、そんなことで自分を使うなと口にしてはみたものの、不思議と腹は立たなかった。ここまで出鱈目だと腹を立てる気も起こらない。

それどころか、晴明が自分を頼ってきたということに、どこか満足する気持ちがあった。

「礼の一つでも言ったらどうだ」

上機嫌で言い返すが、もう晴明は答えもしない。しかし、博雅は帰る気など少しもなかった。泰家が井戸に落ちて亡くなったこと、その犯人を捜そうとしていることは、道すがら晴明に聞いた。若くして亡くなった泰家はかわいそうだが、この不可思議な状況に深く興味をそそられていた。

何よりまた自分の力が必要になって、晴明が頭を下げてくることだってあるかもしれない。

博雅はまた得意げに笑むと、晴明のあとを追った。

「こちらです」

案内された先にある井戸は木の枠を井の字の形に組んだ、四角いものだった。相当な深さがあるようで、底ははっきりと見えない。真っ暗な底を覗き込むだけで、ひやりと肝が冷えた。

「ここから落ちたのか」

呟く声が井戸に響く。

既に遺体は引き上げられている。引き上げの作業はさぞかし大変だったことだろう。そんなことをぼんやりと考えていると、背後から声をかけられた。

「博雅さま」

髪も乱れ、憔悴《しょうすい》しきった様子の女性が立っていた。面識はなかったが、泰家の母親だろうと察しを付ける。使用人から、博雅の訪れを聞いたのだろう、彼女は晴明には目もくれず、博雅に縋《すが》りつかんばかりの勢いで話しかけた。

「泰家のためにわざわざ足を運んで下さるなんて……」

「ああ……いえ」

母親の勘違いに、博雅は気まずげに視線を逸らす。そんな博雅にかまわず、晴明はせっせと井戸の様子を調べていた。

もう用はないと言ったくせに、風よけのように便利に使うなんてと、恨めしく思うが、自分の顔で屋敷に入った手前、母親の相手をしないわけにもいかない。

「博雅さま」

母親は懸命に訴えた。

「泰家は自害するような子では、ありません」

「自殺……ではないんですか？」

「遺書も何もないんです」

母親が子供の自殺を否定するのはままあることだ。子供が自分の意志で世を去ったと思いたくないというのは当然の気持ちだろう。しかし、この母親の言葉はそれとは少し違って聞こえた。自殺でないことに、確信があるように思える。

「では、事故では？」

「そんな……夜中に井戸で何を？」

母親は途方にくれたように呟く。確かにそうだ。夜中に喉が渇いたにせよ、人に命じて水を持ってこさせればいいだけだ。わざわざ真っ暗な井戸に向かう理由がない。自殺でも事故でもないとすれば、なんなのか。まるで考えが浮かばず、博雅は母親の縋るような目にたじたじとなる。

「かなり焦って井戸にやってきている」

気配を消すようにしていた晴明が唐突に口を開いた。

井戸の側にしゃがみこみ、じっと地面を見つめている。

柔らかい砂地に、くっきりと足跡が残っている。ひどく乱れた足跡だ。足の指の形まで見える足跡もある。裸足だったのだ。その足跡の先に部屋があった。それが、泰家の部屋なのだろう。

博雅の脳裏に裸足のまま井戸に駆け寄る男の姿が浮かんだ。

「蓋を開けて、水を汲み、飲もうとして……井戸に突き落とされた」

水を飲むことに必死になっていて、気配にも気づかなかったのだろう。無防備な背後から、不意に突き落とされる姿を思い浮かべぞっとした。悪意ある人間にとって、それは拍子抜けするほど簡単なことだっただろう。

しかし、それはさすがに勝手な推測ではないかと思っていると、見透かしたかのように、晴明が地面を示した。

「ほら、別の足跡がここに」

井戸の周りには、多くの足跡があった。母親のものであろう小さな足跡のほかに、発見した使用人や、井戸から遺体を引き上げた使用人のものであろう草履の足跡もある。

しかし、晴明が示す先に、それらとも違う足跡があった。深くくっきりとした足跡は、浅沓《あさぐつ》によるものだろう。明らかに、その足跡だけが異質だった。

「泰家は、殺されたんですか？」

母親は呆然とした顔で、絞り出すように言う。

「泰家に恨みを持っていた人間か」

晴明は呟くと、母親に向かって無造作に尋ねた。

「心当たりは？」

母親は大きく首を横に振った。

「あの子は……本当にいい子で……誰からも恨まれるような……そんな子ではありません」

母親の目にたまっていた涙が零《こぼ》れ落ち、頬を伝う。涙で声をかすれさせながらも、母親の声に迷いは微塵もなかった。

いい息子だったのだな、と博雅は思う。

泰家が本当に恨まれることのない良い人間であったのかは、生前を知らない博雅にはわからない。しかし、確かに泰家は母親にとって喜びであり、生き甲斐だったのだ。決して冷たい井戸の底でひとり死ぬべき人間ではなかった。

母親は袖で目元を覆い、すすり泣いている。博雅の目にもいつしか涙が浮かんでいた。今にも零れ落ちそうな涙を博雅はそっと袖で拭った。

そんな二人の涙に、晴明は心を動かされるどころか、ひどく冷めた表情で一点を見つめ、考え込んでいる。

「誰が……誰が殺したんですか？　博雅さま、見つけてください。誰が泰家を殺したのか」

ばっと顔を上げた母親は何かに憑《つ》かれたような目をしていた。博雅の身分も忘れたように無遠慮に詰め寄り、取りすがる。自分の肩をきつく握り、胸元で泣き続ける母親を振り払うことも出来ず、博雅は硬直する。驚きで涙は引っ込んでしまった。

「えっ、わ……私ですか？」

「お願いします……」

母親の気迫に、博雅は視線を泳がせる。泰家と母親に深い同情を覚えるが、母親の頼みはあまりに重く、無責任に引き受けるのも躊躇《ためら》われる。そもそも人を疑ったり、裏を読んだりするということが、不得手なのだ。自分にできる気がしない。

大体、泰家が殺されたと言ったのは、晴明だ。なんとかしてくれと助けを求めて視線を送るが、晴明はしらっとした目を向けるばかりだ。

「晴明……」

小声で名前を呼ぶと、晴明はこっそりとため息をついた。そして、少し改まった声で、母親に声をかける。

「泰家どのを拝みたいのですが、亡骸《なきがら》はどちらへ」

晴明の言葉に、母親はそろりと顔を上げた。

拝みたいという言葉がうれしかったのだろう。また新たな涙を流している。

晴明はじれったそうにしていたが、構わず博雅は母親が落ち着くのをじっと待った。

晴明のあとをついてきたのはほんの興味本位だったが、この母親の心を引き裂いた犯人を突き止めたいという気持ちがわいてくる。

自分ひとりでは難しくとも、犯人を捜す晴明を助けることはできるはずだ。

ようやく母親が泣き止んだ。博雅がそっと亡骸の場所を尋ねる。

亡骸は屋敷から離れた小さなお堂に安置されていると、母親は震える声で言った。

求めていた答えがようやく得られた晴明は勢いよく歩き出す。

博雅は慌ててその後を追った。

小さなお堂があるのは、人里離れた寂しい場所だった。辺りは枯れた草木に覆われ、打ち捨てられたような仏像が転がっている。中には首を失った像まであった。目にするだけで罰《ばち》が当たりそうに思えて、博雅は慌てて目をそらす。

お堂自体も今にも朽《く》ちてしまいそうに見える。

あの中に亡骸があると思うと、博雅の足は鈍くなった。犯人を突き止める手助けをしてやりたいという気持ちは消えてこそいなかったが、恐れや怖気《おぞけ》がどうしても先に立つ。

直接、亡骸を拝みたいなどという晴明の気が知れなかった。

引き返そうと口にすれば、振り返りもせず、一人で帰れと言われるのだろう。短い付き合いだが、それぐらいわかる。博雅は半ば意地になって、足を動かした。

死とは穢《けが》れだ。遠ざけられるべきものだ。母親にとってどんなに愛おしい息子であっても、死んでしまえば、忌まわしき穢れとなる。しかも、ただの死ではない、呪いが使われた形跡もある、おぞましい死だ。家族もその亡骸の穢れが自身に及ぶことを恐れたのだろう。お堂の扉にはお札が念入りに貼られていた。

博雅はお堂の手前で立ち止まり、思わずぶるりと身震いをする。しかし、晴明は構わず近づくと、無造作に札を引きはがした。

「拝むんじゃなかったのか？」

ぎょっとして博雅が声を上げる。晴明はそのまま手を止めず、全ての札を引きはがしてしまった。

「今、拝むところじゃないか」

扉を押さえていた心張り棒を外し、足元に投げ捨てると、晴明は大きく扉を開いた。

途端に鼻を殴りつけるような悪臭が襲う。博雅はたまらず鼻を押さえ、うめき声をあげた。

慌てて、逃げるように距離をとる。やっと少し息がつけるようになった。

しかし、どれだけ強く鼻を押さえても、腐った肉のにおいがする。えずきそうになりながら、必死に堪える。ぶんぶんと耳障りな音は、虫の羽音だろう。虫が、たかっているのだ。

お堂の中は薄暗かった。ぼんやりと白い装束を着た亡骸が見える。

扉が開き、空気が入れ替わったはずだが、臭いは薄れる様子がない。

怖気《おじけ》づく博雅には目もくれず、晴明はてきぱきとお堂の表にあった燭台《しょくだい》に火をともした。暴力的なほどの悪臭の中でも平然としている。

そして、灯りを手にした晴明は、お堂の中へと入っていった。

鼻を押さえながら、博雅は恐々《こわごわ》とお堂を覗く。

晴明が躊躇いなく遺体の手を取るのが見え、博雅は息を飲んだ。晴明は手を持ち上げ、爪の間まで仔細に観察している。

「腐敗具合からすると、死んだのは……」

何やらぶつぶつと呟いている。

やはり拝んでいる様子はない。拝むわけでもなく、亡骸に何の用があるのか。

「何故、こんなことをしているのだ？」

ちらちらと扉の陰から覗き込みながら、博雅はたまらず尋ねた。

「何が？」

「陰陽師といえば、占いではないのか。占いで物事を解決する」

「占いも『呪』。占い自体は統計学だが、占う者によって結果が左右される。人は見たいものだけを見て、聞きたい声だけを聞く」

悪臭の中、腐りかけた腕をつかみながらも、晴明の声はなめらかで、心地よい音楽のようだった。博雅は一瞬、臭いのことも忘れ、その言葉を聞く。

陰陽寮の人間が、占いの信憑性《しんぴょうせい》について、これほどあからさまに話すのを、博雅は初めて聞いた。

確かに占いの結果を解釈するのは、人だ。そこにその人の思いが入るのは当然のことだろう。占いは当たることもあれば、外れることもある。漠然とそういうものだと受け止めていたが、そうだったのかと納得がいった。

確かに占いは、犯人捜しには役に立たないかもしれない。占う者が何者かに疑いを抱いていれば、占いの結果にも自ずと歪《ゆが》みが生じてしまうだろう。

しかし、と博雅は思う。

「だからって、亡骸に直接触れるなんて……祟《たた》られるぞ」

人が亡くなる瞬間に居合わせることさえ、穢れとされるのだ。亡骸に触れるなど、死に直接触れるようなものだ。怖くないはずがないと思うのだが、晴明の顔は平静そのものだ。生きた人をみる医者のような冷静さで、亡骸に触れ、観察している。

「陰陽師が祟られてどうする」

「まだ見習いだろ。学生じゃないか」

「菅原道真に祟られた一族にそんなこと言われたくないね」

「なんだと！」

博雅は鼻から手を離して気色《けしき》ばむ。晴明のことを心配しての言葉だっただけに、先祖のことまで当てこすられ腹が立った。

「まあ、祟りも呪のひとつ。後ろめたい気持ちを持っている奴らが勝手にそう思っているだけだが、お前たちにはわからないだろうな」

「何だ、その人を馬鹿にしきった態度は！」

わざと神経を逆なでするような皮肉たっぷりな口調にも腹が立ったが、何より「お前たち」と括られたのに腹が立った。一族をまとめて馬鹿にされるのも腹立たしいし、何より目の前の自分と直接話さず、一族や貴族全体に話しているようで腹立たしい。

「馬鹿に馬鹿と言って、何が悪い。俺はお前の思っている自分ではなく、事実を見ているだけだ」

また、「事実」だ。「事実」がなんだというのだ。「事実」と「真実」の話を最初に聞いた時には素直に感心したというのに、段々「事実」という言葉にまで腹が立ってきた。

「お前、一生、友達なんかできないよ！」

「友達などという概念も所詮は呪。勝手に思い込んでいるだけだ。一生いらないね。そんなもの」

一生いらない、ね。苦々しく心の中で繰り返す。晴明の言葉が胸にちくりと痛い。遅れて、ああそうかと思い至った。悔しいことに、どこかで博雅はもう晴明を友達と感じ始めていたのだ。

そっちがその気なら、こっちだって。

博雅はぷいっと晴明から顔をそむける。

「毒だ……」

低い呟きに、博雅は思わず晴明を見た。晴明は遺体の口を開き、慎重にすんと臭いを嗅いでいた。まるで接吻《せっぷん》でもするかのような距離だ。

「明らかに呪いじゃないな」

「え？」

一瞬で、心のうちに淀んでいたものは弾けてなくなった。毒という言葉の衝撃に、頭がいっぱいになる。泰家の乱れた足跡が思い出された。あれは、毒に苦しんでいたからだというのか。

「つまり、二度殺しているのか？　一度目は毒で、二度目は井戸で」

「いや、井戸に誘い込むための毒かもしれない。異常に喉が渇くような……」

「井戸に？　どうして」

「どうして？」

亡骸を見下ろしながら、晴明が呟く。深く潜って思考しているのか、いつも皮肉気な光をたたえている目は、ぼうと煙るようだ。

「……何かの儀式か？」

しばらくしてようやくその口から零れ落ちた言葉に、博雅はわけもわからず、ぞくり、と全身を粟立《あわだ》てた。

おずおずと声をかけられ、徽子女王ははっとした。

傍らには、着替えの衣を抱えた女房たちが、少し心配そうな表情で控えている。

気づけば、あたりはすっかり暗くなっていた。部屋はぼんやりとした高坏灯台《たかつきとうだい》の明かりに照らされている。就寝の時間になっていた。

博雅が突如現れた晴明に連れ去られるように帰ってしまってから、随分な時間が経っている。徽子は琴を弾く気にもなれず、ただぼんやりと庭を見ていた。いや、庭を見ているようで、見ていなかったのだろう。外が暗くなったことにも気がつかなかった。

徽子は博雅を待っていた。

戻ってきて、続きの言葉を口にしてくれることを、ただ待っていた。

しかし、もう戻ってくることはないのだろう。

気持ちが深く沈みそうになって、慌てて、今日は、と心の中で付け加える。

きっとすぐにでも博雅はまたやってくる。そして一緒に楽を奏で、そして、いつか続きの言葉を聞かせてくれるはずだ。

無理に笑顔を浮かべて、立ち上がる。少しぎこちない笑顔になってしまったけれど、女房たちはほっとしたように表情を緩めた。

女房たちが音もなく背後に回り、羽織っていた衣を、するすると肩から滑らせる。むき出しになった肩に、夜気を感じて小さく身震いをする。

「ねえ、飛梅《とびうめ》の話って本当？」

徽子の言葉に、女房の一人は「飛梅？」と怪訝《けげん》そうに聞き返した。

「紫宸殿《ししんでん》の梅の木が道真公を追って、九州まで飛んで行ったたっていうお話」

この屋敷の庭に、青い実をつけた一本の梅の木があった。その枝ぶりが何やら天に向かって必死に手を伸ばしているようで、徽子は飛梅の話をしきりに思い出していたのだった。

「まあ、道真公の話など」

新しい衣を羽織らせ、襟元を整えながら、女房は眉をひそめる。

「縁起でもない。お屋敷に雷が落ちたらどうするんです」

道真公の怨霊によって清涼殿《せいりようでん》が落雷を受けたというのは、徽子もよく知っている。雷は柱に落ち、近くにいた公卿《くげ》の一人は衣が燃え上がり、胸を焼かれて即死したという。顔を焼かれた者もほどなく命を落としたという。その瞬間を目撃した博雅の祖父、醍醐天皇までもが体調を崩し、わずか三か月後にこの世を去ったというのだから、どれほど恐ろしい光景だったことだろう。神として祀られた今でも、人々は道真公を心の底で恐れているのだ。

「それほど慕《した》っていたのね」

女房の反応に、徽子はくすりと笑った。徽子にも道真公を恐れる気持ちはある。しかし、落雷の話と一緒に聞いた飛梅の話が、徽子は好きだった。

「その梅、人間なら女の人ね。思い人のために飛んでいく」

うっすらと微笑みながら呟くその言葉には、憧れが混じる。女房は徽子の髪を整えると、少しからかうように言った。

「どうしたんです？　どなたか心にかかるお方でも？」

まるでそんな人などいるはずがないと決めつけるような口調。女房たちが脱いだ衣を抱え音もなく下がると、徽子はそっとため息をついた。

「……鈍いのね。誰かさんと一緒」

ぽつんと呟かれた言葉は、誰にも届かず、薄闇に溶けて消える。徽子の口元には、年齢に似合わぬ、疲れたような苦い笑みが浮かんでいた。

8

晴明は大内裏の門が開くのをじっと待っていた。

まだ夜も明けきらぬ早朝、大内裏の門の前には、今日も多くの官僚たちが列をなしている。その中には、陰陽寮の学生たちの姿も多くあった。彼らは晴明の姿に気づき、一様にぎょっとする。

学生でありながら授業にも参加せず、気ままに過ごしている晴明が、開門の時間に顔を出すのは珍しい。得業生の試験のためかと勘ぐるような視線を感じながらも、晴明はただ門を見ていた。

太鼓が鳴り、門が軋《きし》みながらもゆっくりと開く。人々が競い合うようにして、一斉になだれ込む。晴明は少し遅れて門をくぐると、まっすぐ陰陽寮の書庫へと向かった。

途中、何人もの学生たちとすれ違う。

どの学生も疲労の色は濃く、少し殺気立っていた。

「何か手はないか。期限まであと二日だぞ。俺は絶対にあきらめん」

そう強い口調で言い切った学生もすれ違いざま、まるで射殺すような目で晴明を睨んだ。

皆の前であれほどはっきりと得業生に興味はないと明言したというのに、誰一人信じている様子がない。

自分が欲しくて欲しくてたまらないものを欲しがらない人間がいるなど、考えることもできないのだろう。

視線は煩《わずら》わしいが、無視すれば済むことだ。晴明は視線を返すこともなく、ひとり薄暗い書庫へと入っていった。

書庫はいつものようにしんとしていた。

いつもであれば、手あたり次第に書物を漁り、興味のままに読み進めるのだが、この日はまっすぐ奥の棚へと向かう。そこに収められているのは、主に毒物に関した書物だった。

泰家の命を奪ったのは呪いではなく、毒だ。

そのことを晴明は確信していた。

犯人の見当はまだつかないが、毒はきっと手掛かりになる。犯人捜しのためにも、まずは毒を特定する必要があった。だから、珍しく早起きなどして、朝一番に書庫へとやってきたのだ。

書庫の本は大体、頭に入っている。晴明は何冊か選び取ると閲覧台へと運んだ。

毒に対処するのも陰陽師の大切な仕事の一つだ。書庫には異国のものも含め、毒にまつわる多くの書物があった。

晴明は本をめくりながら、遺体に残っていた毒の痕跡を思い浮かべ、思い当たる毒の情報と照らし合わせていく。

(喉の渇き……そして果実のような微かなにおい)

亡骸の口の中から、強烈な死臭に混じって、確かに果実のような甘い匂いが微かにした。

晴明は筆をとり、手元の紙に「毒蜂」と書きつけた。続けて、気づいたことについても、書き留めておく。

蜂に刺された者は、息苦しさを覚え、喉の渇きを訴えることもあるという。しかし、亡骸を調べたが、刺されたようなあとは見当たらなかった。

口に匂いが残っていたことからしても、毒は飲み物にでも混ぜられていたのだろう。

蜂の毒を飲んでも同じような症状がでるのか、いろんな書物を当たるが見当たらない。

果物のような匂いの方から、辿っていくべきか……。

梯子《はしご》を上り、高い所にある木簡に手を伸ばす。その場で目を通していると、「何をしている」と咎めるような声がした。

つと視線を向ける。ゆっくりと近づいてきたのは、貞文だった。

じっと晴明を見上げている。

落ち窪んだ目は、挑むように暗く光っていた。

清涼殿に龍笛の音が響く。

少しおぼつかないところもあるが、素直でまっすぐな音色だ。

龍笛を吹いているのは帝だった。博雅は向かい合い、琵琶《びわ》で拍子をとりながら、歌うことで、帝を導く。これは唱歌《しょうが》と呼ばれる稽古法だった。まずは師が歌い、弟子はそれを聞く。次に一緒になって歌い、一人で歌えるようになれば、ひたすら繰り返し歌う。そうやって、曲の流れをつかむのだ。博雅が帝に教えているのは、自身が作曲した「長《ちょう》慶子《げいし》」という曲だった。比較的短く、速度もはやいため、曲の感じをつかみやすいと思ったのだが、間違っていなかったようだ。帝が意外なほど真摯《しんし》に学んだこともあり、あっという間に、実際に笛で演奏するまでになった。

帝の笛の音と博雅の声が、重なり合う。その演奏に、十二単《じゅうにひとえ》を纏《まと》った美しい女官たちが扇を口元にあてながらじっと聞き入っていた。

やがて余韻を残して、笛の音が途切れる。女官たちは賞賛の言葉を口にしながら、顔を見合わせ、微笑みあった。

博雅は琵琶を置き、帝に向かって深く一礼した。

そこは美しく優雅な空間だった。帝の背後に飾られた花を象《かたど》った螺鈿《らでん》細工など、眩《まばゆ》いばかりの調度品も目を引くが、何より贅沢なのは、広々とした空間だった。

帝の部屋はもちろん、部屋に面した整然と広がる庭までも、かつて、怨霊に祟られ、死者まで出したなどとは想像もできないような、清浄な空気が満ちている。

陰陽師が穢れを払ったのだろうか。帝が日常的に過ごす清涼殿にはもう何度も訪れているが、初めてそんなことを思った。なぜだろうと考え、口を開けば皮肉ばかりが飛び出す学生の顔が浮かぶ。

「博雅」

「はい」

帝に声をかけられ、博雅は顔を上げた。帝はひどくくつろいだ様子で脇息《きょうそく》にもたれている。楽し気な笑みさえその顔には浮かんでいたが、その姿には若さに似合わぬ威厳があった。

「安倍晴明を知っているか」

今まさに頭にあった名前が帝の口から飛び出したことに、博雅はどきりとする。

「はい。陰陽寮の学生です」

「徽子女王の家で悪さをしていた龍を退治したと聞いているが……その時、一緒にいたそうだな」

「はあ」

博雅は目を伏せながら、頷いた。

博雅は龍のことを、誰にも話していなかった。噂はどう伝わるかわからない。思わぬ形に歪められ、徽子女王が悪く言われてはいけないと思ったからだ。しかし、帝は既にすべてを知っているようだ。どんな情報源を持っているのか、ただの学生に過ぎない晴明のことまで把握している。

「キツネの子というのは本当？」

女官のひとりが身を乗り出して、口を挟んだ。好奇心に目を輝かせている。

ああ、そうか、と博雅は思う。噂になっていたキツネの子というのは晴明のことだったのかと今になって気がついた。

「本当かもしれません。人とは思えない程、無礼なやつです」

とげとげとした少し子供っぽい口調で、博雅は告げ口するように言う。女官たちがまあと息を飲んだ。馬鹿に馬鹿と言って何が悪い。そう悪びれもせず言い切った姿が思い出され、むかむかと顔が歪む。

「無礼？」

訝《いぶか》し気に問う帝に、博雅は「はい」と答える。

「陰陽頭、どうだ？」

帝の問いに、博雅の背後から笑い声が上がった。いささかわざとらしさを感じる笑い声の主を、博雅はちらりと横眼で見やる。

笑っているのは、陰陽頭だった。

昇殿を許されていない陰陽頭は、庭の白州の上に直接座っている。また、帝の顔を見ることがないよう、横を向いていた。

これほど帝の近くを許されるのは名誉なことなのだが、その姿は引き立てられた罪人のようにも見えた。

「キツネではありません、人間ですよ。ただ幼い頃に目の前で両親を殺され、人として問題があるだけです」

陰陽頭が淡々と口にした言葉に、思わず、え、と声がでそうになった。咄嗟《とっさ》に陰陽頭の表情をうかがう。もう笑みの欠片《かけら》さえも残っていないその横顔は、長く雨風にさらされた岸壁のようだった。

「しょせん、学生の身。主上《しゅじょう》が気になさるような者ではありません」

帝は何も言わなかった。脇息にもたれ、うっすら微笑みを浮かべている。その表情からは、帝が陰陽頭の言葉をどう受け止めたのかうかがい知ることはできない。

「でも、そんなのが陰陽寮にいるなんて、怖いわね」

女官のひとりが扇の陰で、甲高い声を上げた。怖いと言いながら、その声はどこか愉《たの》し気だ。

「なんでも、鬼やら霊やらが見えて、それらを式神にして、気に入らないやつがいたら、祟らせるそうよ。人間嫌いで冷たいんですって」

「あら、じゃあ、この間、陰陽寮の得業生が死んだのも、本当は晴明の仕業じゃないの？」

「そうなの？」

「冷たい男なら人を殺すのも平気よね」

女官たちは競い合うようにして口を開く。甲高い声がきんきんと頭にこだまし、博雅は膝の上の手をぎゅっと握り込んだ。女官たちの言葉はまだまだ続く。博雅はたまらず声を上げた。

「違います！」

女官たちはぴたりと口をつぐむ。きょとんとした顔に腹が立った。

「晴明はそんな奴じゃありません。それは、ちょっと非常識で、人の気持ちがわからなくて、感情も欠けてるかもしれませんけど、そんな酷いことする奴じゃありません。奴は、冷たいんじゃなくて、冷静に事実を見ようとして必死なだけなんです」

激しい感情に声が上ずる。一息に言い切った後には、息が上がっていた。

女官たちはまるで示し合わせたように、同時にさっと扇子で顔を覆う。その扇の奥の目は冷ややかだった。晴明を無礼な奴だと言った博雅なら、一緒になって面白おかしく噂すると思ったのだろう。楽しい遊びに水を差されたと、責めるような目で博雅を見ている。

まっすぐ博雅を見る帝の目だけが、ひどく優しかった。

「そうか。博雅も子供の頃に親を亡くしているから、晴明の気持ちがわかるのだな」

晴明の両親が殺されたと聞いた時、とっさに父のことを思ったのは、確かだ。父・克《よし》明親王《あきらしんのう》は博雅が九つの時に亡くなった。突然つないでいた手を離されたような、心細い気持ちは、今も胸のどこかにある。しかし、だからといって、自分に晴明の気持ちがわかるとはとても思えなかった。

晴明が必死なのだということも、言葉にしながら今になってようやく気がついたくらいだ。あの落ち着き払った太々《ふてぶて》しいほど冷静な面にすっかり騙されていた。

「……すいません。声を荒らげてしまって」

御前で声を荒らげた自分を責めるどころか、自分でも気づかずにいた気持ちを言い当て、寄り添ってくれた帝の優しさに、博雅は深く頭を下げた。すっと頭が冷えてくる。

帝は博雅の年下の叔父にあたる。博雅の父と帝が異母兄弟なのだ。そのため、幼い頃から近くを許されているが、その器量は早くから際立っていた。帝として立派に国を治める今となっては、もう帝が年下とはとても思えないほどだ。この方に仕えることは、博雅にとっての喜びであり、誇りであった。

「ほんと、博雅さまらしくもない」

「ほんとうに」

女官たちは少しだけ扇子を下げ、誤魔化すように笑いあう。

「……すいません」

女官たちへの謝罪は形だけのものになってしまったが、女官たちはほっとしたようににこやかに微笑んだ。

「それはそうと、博雅」

不意に帝が脇息に寄りかかっていた身体をまっすぐに起こし、博雅を呼んだ。空気が変わったのを、博雅は敏感に感じ取る。帝が小さく手招きをした。博雅はそろそろと近づき、一段高くなった床の前で腰をかがめる。

しかし、帝はさらに手招きした。

博雅は一つ段を上がり、さらに距離を縮める。帝の座る厚畳《あつじょう》のぎりぎりまで進んだところで、腰を下ろした。帝と近い距離で向かい合う。

「文《ふみ》を届けてほしいのだ」

帝は声をひそめて言った。

帝の合図に女官がしずしずと歩み寄り、帝の前に捧げ持っていた盆を置く。盆は光沢のある白い絹に覆われている。その端から、白く可憐《かれん》な花がのぞいていた。白を際立たせるような、葉の緑が美しい。文はこの花に結んであるのだろう。

さすがに一目でピンときた。

「……恋文ですか？」

「そうなのだ」

「私で……よろしいのですか？」

「博雅が、誰より適任だと思う」

「それは、ありがたきお言葉」

帝からのまっすぐな信頼に、思わず顔がほころぶ。博雅は帝の目をしっかりと見据え、

「必ずお届けします」と言った。どんな小さなことでも、この方の力になれるのであれば、うれしい。帝はうむと満足げに頷いた。

「で、どなたに」

博雅の問いに、帝は自ら身を寄せる。そして、囁くような声で、「黴子女王にだ」と告げた。

その瞬間、博雅は表情を失った。「え」と頼りない声が漏れる。

帝は機嫌よく微笑んでいる。

すぐに笑顔を作って、何か祝福のような言葉を言わなければと焦る気持ちは、どこか遠い。博雅はただ色を失った顔で、帝の笑顔をぼんやりと眺める。

帝は何をもって「適任」だと言ったのだろう。そんなことがやけに引っかかった。

9

「晴明、お前、いくつだ」

貞文は書庫の梯子の上にいる晴明に向かって問いかけた。晴明は黙っている。用心するようにすっと細められた目に、貞文はぞくぞくとした。自分の存在をろくに視界に入れたこともなかった男が、自分の意図をはかろうとしている。

「呪い殺そうと思って、生年月日を聞いているわけじゃない。そう警戒するな」

少し揶揄するように告げると、ゆっくりと梯子を下りた晴明は「二十七」と端的に答えた。

もうその顔に警戒の色もなく、ただ静かにこちらを見ている。

この取り澄ました顔を、めちゃくちゃに崩してやりたい。そんな衝動を抑え込み、貞文は努めて淡々とした口調で続けた。

「俺は四十五。家は百姓だ。知ってるか？　この国の人口は、六百万。そのうち、官僚は一万二千五百六人。正一位《しょういちい》から少初位下《しょうそいのげ》までの、三十階級の縦社会。曲がりなりにも貴族と言われる五位以上は、たった百五十人。つまり、この百五十人がこの国を支配している」

　晴明はまるでそこに貞文などいないかのように書庫を歩き回り、いくつもの本を手にとっては目を落とす。無視をするなと苛立つ気持ちは湧くが、こっちの声は嫌でも耳に入るのだ。

　貞文はしつこく晴明のあとを追い、言葉をつづけた。

「陰陽寮、最高責任者の陰陽頭でさえ、上級貴族からは『いやしげな者』といわれる五位の下。お前を訪ねてきた源博雅のような上級貴族に寄生虫のように媚《こ》びへつらって生きていくのが陰陽師の仕事。そして、その下の学生である俺たちなどは、人とも思われていない存在」

　陰陽寮を訪れる貴族たちの視線が、貞文を捉えたことなど一度もなかった。見下すような視線を送られたことさえない。貴族にとって貞文は軽蔑する価値さえない存在なのだ。

「だが、俺は目指したいんだ。陰陽頭のその上の……」

「帝の陰陽師を？」

晴明が書から顔を上げて、尋ねた。思った以上にしっかりと聞いていたようだ。晴明の視線を正面から受け止め、貞文は堂々と「そうだ」と言い放った。

晴明は貞文の無謀とも言うべき野心を嗤わなかった。ただ、じっと静かに見つめている。

「百姓の稼ぎを知っているか。俺は里に残してきた母のためにも官僚になりたい。それにはまず、学生から得業生になり、人間にならなければいけない。妻子も持たずにやってきた。四十五の俺には、もうあまり時間がない」

「……それと俺と何の関係がある」

ひやりとした口調で晴明は言った。同情などはなからこの男に期待していない。自分の未来のための贄となる存在には、一応説明しておくのが筋だと思っただけだ。この男を踏み台に自分が駆け上がろうとしている未来を、この男には告げておきたかった。

「俺は、学生全員の筆跡を調べた」

貞文は書見台の上に無造作に積み上げられていた紙の束をつかんだ。紙には晴明の文字がびっしりと書き込まれている。

「お前のこの筆跡」

貞文は懐から木簡を取り出した。是邦に無理を言って借り受けた、呪いの木簡だ。

「木簡に書かれている文字と同じだ」

貞文は台の上に、晴明の文字と木簡を並べた。どちらにも喼喼《きゅうきゅう》如律令《にょりつりょう》という同じ言葉が見える。「律令のごとく急々に行え」という意味のその言葉は、呪符の効果を強めるためのものだ。

貞文は改めて二つの文字を見比べる。

払い方、止め方、左右のつり合い、全ての特徴がまるで判で押したようにぴたりと重なる。

昨晩、これに気づいた時、毛が逆立つような興奮を覚えた。咆哮《ほうこう》のような笑い声が体の奥底からこみ上げた。

二つの文字の相似は明らかだ。貞文は晴明の顔をじっと見た。澄ました顔にひびが入り、動揺をあらわにする瞬間が見たい。

しかし、どれだけ待っても表情は変わらなかった。

「お前が、泰家を殺した犯人だ」

「俺が？」

言葉を突き付けてもなお晴明の表情は、湖面のように凪《な》いでいる。これだけの証拠を突き付けられても、認める様子は微塵もない。

自分の手で自白させてやりたかったが仕方がない。

「……ということです」

貞文は少し振り返って告げた。

もったいぶった足取りで姿を現したのは是邦だ。背後には兼茂、義忠を引き連れている。

晴明は鋭い視線を是邦に向ける。是邦はにやりと笑った。嬉々とした様子が滲む嗜虐《しぎやく》的な笑みだった。

後ろの二人は晴明を気にしながら、ちらりちらりと貞文に目を向けている。その目には明らかに嫉妬の色がある。突き刺さるような視線が、ひどく心地よかった。

徽子は廊下の高欄にもたれ、空を見上げていた。

雲一つない晴れ渡った空に、一羽の鳥が飛んでいる。白い鷺《さぎ》だろうか。悠々としたその優美な姿に、徽子は焦がれるような目を向けた。

「これで少しは気分も落ち着きましょう」

古参の女房が気を利かせて運んできたのは、香炉だった。小さく包んだ紙を開き、刻み香を一つまみして香炉に落とす。

すぐに煙が上がり、香りが広がった。少し重たく感じる甘い香り。徽子の好みではなかったが、女房の好意だ。徽子は微笑んで礼を言った。

朝から、女房たちには気を遣わせてしまっている。

いつも通りにふるまっているつもりなのだが、気がふさいでいることに気づかれてしまったようだ。

女房たちは鮮やかな赤い衣を用意し、髪を結って、庚申薔薇《こうしんばら》の花飾りをつけた。庚申薔薇はお気に入りの花だった。扇などの装飾品にも庚申薔薇の意匠を施し、部屋のあちこちに美しく咲いた花を飾り付けている。

庚申薔薇は四季咲きだ。年に何度も花が開く。他の花よりも、長く自分に寄り添って咲き続けてくれるこの花が徽子は好きだった。蕾が打撲や生理不順の薬になると知って、もっと好きになった。心も体も癒してくれる素晴らしい花だ。

好きな花で綺麗に髪を飾ってもらったのは、うれしかった。しかし、心は少しだけ弾んで、すぐにまた沈んでしまった。

だらしなく高欄にもたれて空を見るのを女房たちが許してくれたのも、あまりに気落ちして見えたからだろう。

鷺はすぐに見えなくなってしまった。ただ青い空が広がっているだけだ。

ぼんやりと眺めていると、衣擦れの音とともに女房が現れた。

「博雅さまがお見えです」

「博雅さまが？」

告げられた言葉に、徽子は思わず身を起こす。

口元に笑みが浮かんだ。訓練された貴族の笑みではない、きっと子供のような心のうちをさらけ出してしまう笑み。徽子は大きく広げた扇で口元を隠す。

訪問の予定はなかったはずだ。

ただ会いに来てくれたというのだろうか。もしかして、あの続きの言葉を告げるために現れたのではないか。

重く沈んでいた心は、一瞬にして弾んでいた。

博雅さまと顔を合わせるまでには、この緩み切った顔をなんとかせねば。

そう思って、口元を引き結ぶのだが、だらしなく笑み崩れてしまう。

何かが欠けている。ずっとそう感じてきた。

何を見ても、何を聞いても、全てが虚ろに感じた。人に優しい言葉をかけられても、どうせこの人も離れていくのだとしか思えなかった。自分の中の空洞が、どうせ誰にも愛されることはないと囁くのだ。親にだって捨てられたのだから、と。

そんな中で、博雅の存在だけが、光だった。博雅の笑顔が、言葉が、音が、心の空洞を優しく満たした。

欠けていたものは、博雅だったのだ。そう確信するのに時間はかからなかった。

博雅さまさえ側にいてくれたら、もう他に何も望まない。

徽子は頬を染め、幸せそうに微笑む。

香炉から立ち上る香りは強く、濃くなっている。最初は苦手だと思った香りさえ、今は好ましく感じられる。

庭の梅の木を見ながら、心はもうあの人のもとへと飛んでいた。


晴明は縄で拘束され、広い教室へと連れていかれた。

教室には学生たちが集められている。学生たちは晴明を丸く囲むようにしていた。晴明を見る目はますます殺気立っているように見える。何かちょっとした合図があれば、一斉に襲い掛かりそうな雰囲気さえあった。

教室にはいつも以上に香の匂いがたちこめている。

香に慣れた晴明でさえ、一瞬息を詰めるような強い香りだ。しかし、学生たちはまるでその匂いに気づいていないかのようだった。

晴明は無理やりに膝をつかされた。背後には学生のひとりが回り、しっかりと縄をつかんでいる。裁きの場だというのに、それは明らかに罪人に対する扱いだった。

「得業生を殺したのか」

是邦に尋ねられ、晴明は無駄だと知りつつも淡々と答えた。

「殺していません。殺す理由がありませんよ」

「得業生になりたくないとか何とか言っていたが、それは動機を隠すためで、本当はなり替わろうとしてたんじゃないか？」

学生たちの輪の中から、兼茂が進み出て声を張り上げる。晴明を糾弾する声は、芝居じみていた。追及する姿を見せることで、自分の功績にしようという魂胆《こんたん》が見え見えだ。

晴明は思わずふっと笑った。

「そんな動機なら、ここにいる全員が持ってるじゃないか」

晴明の言葉は痛いところを突いたのだろう、学生たちがどよめく。

「書庫で何をしていた？」

「毒を調べていました」

是邦の質問に、晴明は素直に答えた。是邦は探るように目を細める。晴明は逆に是邦の表情の微かな変化も見逃すまいと、目を凝らした。

「泰家が毒殺されていたからです」

あえてはっきりと口にしたが、是邦の表情はまるで揺らがなかった。さすがに、天文博士にまで上りつめただけはある。腹芸もお手のものというわけだ。

「毒殺？　なぜそんなことがわかる」

「泰家の死体を調べたからです」

その言葉に、ざっと音を立て、学生たちが一斉に身を引いた。「穢れだ」と足をもつれさせながら、晴明から距離をとる。後ろで縄を握っていた学生も慌てて手を離し、飛びのいていた。

その間も、晴明は是邦の顔を見つめていた。死体を調べたといっても、是邦は顔色一つ変えなかった。いっそ不自然に感じるほどに、平然としている。

学生たちが恐る恐る晴明の様子をうかがう中、どこか焦りの滲む口調で晴明に詰め寄ったのは貞文だった。

「お前が殺したから知っているのだろう」

晴明の文字が書かれた紙と呪詛の札を振りかざし、強引に迫る。晴明は内心呆れかえっていた。札の筆跡は毒とは何の関係もない。毒で殺したと認めるのならば、貞文は晴明が犯人であるという根拠を失うのだ。

それに気づいていないのか、それとも気づいていて自分を誤魔化しているのか、貞文は是邦の方を向いて訴える。

「この筆跡が何よりの証拠」

是邦は差し出された証拠を受け取った。

「筆跡は誰でも真似られるでしょう」

何が証拠だと、腹が立った。いちいち反論するのも面倒だったが、出鱈目な理屈を聞かされ続けるのは堪えられない。

「誰が真似ると？」

是邦に問われ、晴明はゆっくりと立ち上がった。同じ目線になった貞文に向かって口を開く。

「たとえば、貞文。あなたです」

「俺が」

自分は一方的に責める側だと思い込んでいたのだろう。貞文は哀れなほどに狼狽えた。目を泳がせ、縋るように是邦を見る。是邦はその視線に応えなかった。

「あんたが殺したんじゃないのか」

晴明は容赦なく追い打ちをかける。

「出世のために。時間がないんだろう。あんたが殺して、俺に罪をなすりつけようとしている」

晴明の言葉は呪となって、学生たちの心を縛った。晴明一人に向けられていた、疑いの目は、次第に貞文にも向けられるようになる。

「調べた結果だ」

貞文は自分に言い聞かせるように言うと、必死の形相で是邦に迫った。

「犯人を捕まえました。私を得業生にしてください」

貞文の言葉に、学生たちは一斉に抗議の声を上げた。得業生は自分だと名乗りを上げる者もいれば、難癖をつけてでも貞文を引き下ろそうという者もいる。

それぞれが声を張り上げる中、ボーンと鐘の音が響いた。定刻を告げる鐘。

その鐘の音を聞いた途端、皆が一斉に動きを止める。

晴明は視界がぐわんと大きく揺れるのを感じた。世界の輪郭《りんかく》が、曖昧《あいまい》に滲んでいる。自分自身の輪郭さえも不確かになってしまったかのような、強烈な違和感。

「調査が終わるまで、監禁しろ」

目の前にいるはずの是邦の声が、やけに遠くに聞こえた。

「連れていけ」

是邦の命令で、兼茂、義忠が緩慢な動作で晴明の肩や縄をつかむ。一瞬出遅れた貞文は、悔しそうに唇を噛んでいる。

ふらふらと引き立てられるままに歩き出した晴明の耳に、妙に鮮明な声が届いた。

「晴明！」

庭の方から声がする。

「晴明！　徽子さまが攫《さら》われた」

必死に自分の名を呼ぶ声。博雅の声だと気づいた途端、視界までが明瞭になった。微かな酩酊感はあるが、意識して呼吸を整えると、すぐに消えた。

「歩け」

乱暴に引き立てられ、晴明はよろけたようなふりで膝をつく。近くの学生たちが面倒くさそうに引き上げようとした瞬間、緩めていた縄から手をするりと抜く。左右の男たちに拘束されていた腕で逆にからめとり、体を捻り上げる。大きく体勢を崩したところを、袖を翻し、両腕で軽く払うと、男たちは吹き飛ぶようにして床に転がった。

あっという間の出来事だった。あっけにとられていた学生たちは、気を取り直し、次々につかみかかる。

晴明は学生たちの力を受け流し、右に、左にと、鮮やかに捌《さば》いていく。

学生たちは予測のつかない晴明の動きに翻弄され、互いにぶつかり、もつれ合い、思うように晴明を捕まえることができない。

その動きは淀みなく、流れる水のようだった。

晴明は正面から突進してきた学生の衣の裾をつかみ、高く持ち上げて、さっと頭を覆ってしまう。視界を奪われ、じたばたともがく男の体を、学生たちの真ん中へと突き飛ばした。訳もわからず暴れる男に、学生たちの動きが一瞬封じられる。

晴明はぱっと身をひるがえし、声の方へと走った。

「逃がすな」

背後で是邦が怒鳴り声を上げる。余裕をかなぐり捨てた、焦燥《しょうそう》感の滲む声。

是邦の命を受けた学生たちの手を躱《かわ》しながら、晴明は走る。

教室を出た先の庭に、博雅がいた。馬を走らせながら、もう一頭の馬を引いている。

博雅の意図はすぐにわかったが、生憎《あいにく》すぐ背後に追手《おって》が迫っている。

晴明は足を止めることなく走り続けながら、「先に行け」と博雅に告げた。余計なことは告げない。博雅もまた、余計なことは聞かなかった。目を合わせ一つ頷くと、博雅はすぐさま馬首を大きく門の方へと巡らせる。

「追え！　捕まえた者が得業生だ！」

なりふり構わず、是邦は得業生の地位を餌に学生たちを駆り立てる。是邦は博雅が馬を走らせる先を見てとり、大声を張り上げた。

「門を閉めろ！」

慌てて門に駆け寄った陰陽師たちが両側から扉を閉める。ゆっくりと閉ざされていく門の隙間を、博雅は巧みに二頭の手綱《たづな》を捌きながら、一気に駆け抜けた。

間一髪、博雅が逃げ延びたのを確認し、後を追うように走っていた晴明は突如方向を変える。そして、足を大きく旋回させ、追手の足を払った。

急な方向転換についていけず、学生たちは勢い余ってもんどり打った。

晴明はまたすぐさま走り出す。

学生たちはいっせいにつかみかかるが、その手は晴明の衣に触れることさえできない。

晴明はまるでつむじ風のようにくるくると動き回り、学生たちを翻弄する。

その動きはもはや、人のものではなかった。つかみかかる手をよけてふわりと飛び上がり、追手を引き離す速さで、滑るように移動する。

晴明の力を見せつけられながらも、学生たちにあきらめる様子はなかった。

得業生の座に目がくらんでいる。

学生たちは何度も土を付けられながらも、数を恃《たの》みに、晴明を追い込んでいく。学生たちの執念はついに、晴明を塀の際へと追い詰めた。学生たちがわっと一斉に押さえ込みにかかる。晴明はまるで動きが見えているかのように、紙一重で避けた。勢い余った学生たちは正面から激しくぶつかり合う。その一瞬を、晴明は見逃さなかった。ぶつかり合って体勢を崩す学生たちの背中を踏み台に、大きくふわりと飛び上がる。晴明は危なげなく塀の上に着地した。

もとより、晴明が目指していたのはこの塀だった。追い詰められていたのではない、ただ、時を待っていたのだ。

学生たちは呆然とした顔で、塀の上の晴明を見上げている。

晴明は背後の学生たちを振り返ることもなく、博雅の名前を呼んだ。

その声に応えるように、博雅が馬を走らせてくる。晴明は機をうかがい、塀からふわりと飛び降りた。そのまま博雅が引く馬と並走し、ひらりと飛び乗る。

晴明と博雅は無言のままに同時に速度を上げ、陰陽寮を後にした。

晴明が塀の外に消えるのを、貞文は少し遠くから見つめていた。

晴明を追う学生たちの勢いに押され、出遅れていたのだ。犯人を捜しだし、得業生の座を手中に収めたと思っていただけに、今度は晴明を捕まえろと言われても、気持ちの切り替えがうまくできずにいた。

さて、どうする。辺りを見回し、頭を回転させる貞文の横で、ひとりの学生が呆然と立ち尽くしていた。

「キツネの子って噂は本当だったんだ」

晴明の力を目の当たりにして、恐れる気持ちが強くなったのだろう。蒼白な顔で震えている。

敵は少ないに越したことはない。

貞文は声をかけることなく、すっかり戦意喪失した学生を残して先に進む。

まず目に入ったのは、門だ。閉ざされた門の前で、多くの学生たちがもみ合っている。

皮肉なことに、晴明を逃さぬようにと、念のために心張り棒を渡していたのが、仇《あだ》になったのだ。心張り棒を抜けば、扉は開くはずなのに、慌てる学生たちが四方八方から引っ張ろうとするので、思うように抜けずにいる。

皆頭に血が上っている。扉が開くまでにはまだまだ時間がかかりそうだ。

貞文は次にぐるりと庭を囲む塀に目を向けた。門が開かないと見て取り、晴明に続いて、塀を乗り越えようとしたものも少なくない。しかし、飛んで塀を越えられるわけでもなく、なんとかよじ登ろうと壁に張り付いている。とっかかりのない壁を登るのは不可能に近いが、そのうち他の学生たちを踏み台にして、塀をよじ登る者たちが現れた。肩や頭をいいように踏まれた者たちは腹を立て、登りゆく者たちの足をつかんで引きずりおろす。

まるで、天から垂らされた一本のクモの糸に群がる者たちのように、学生たちは登ることよりも、引きずりおろすことに懸命になる。醜い争いがそこかしこで起こる中、少し遅れて壁にたどり着いた貞文は、一気に人の壁を駆け上り、塀の上に立った。少し遅れて息を切らせた義忠と兼茂が横に並ぶ。

遠くに土埃《つちぼこり》が見えた。目を凝らし、二つの馬影を認める。晴明と博雅だ。

「追え！」

血走った目で二人が北に向かうのを確認し、貞文が叫んだ。

逃げたということは、やはり晴明が犯人なのだ。

思った通りだ。やはり自分は正しかったのだ。

だから、捕まえる。そして、自分は得業生になる。完璧だ。何もおかしいことはない。

一度はその座に手が触れたと感じるからこそ、渇望はひどくなっている。

貞文はその高さを確かめることもなく、躊躇いなく地面に向かって飛んだ。足がついた途端、砕けるほどの痛みが襲ったが、貞文は歯を食いしばって即座に走り出す。その横に同じように顔を歪めた義忠と兼茂が負けじと並んだ。

博雅は大内裏の門を抜け、北に向かって馬を走らせた。

晴明が馬に乗れるかは一つの賭けだったが、問題なかったようだ。かなりの速度で駆ける博雅の横にぴたりとついてくる。

「何があった」

晴明に問われても、博雅はすぐには答えられない。しかし、自分には、そして徽子女王には、この男の助けが必要なのだ。博雅は意を決して重い口を開いた。

この日、博雅は先ぶれもなく徽子女王の屋敷を訪れた。

「琴の稽古は明日のはず」

徽子は訝しそうにしながらも、快く迎えてくれた。博雅が人払いを頼めば、何も聞かず素直に応じてくれる。こんなことはかつてないことだ。何かあったのかと博雅を心配する徽子の顔を、博雅は直視できずにいた。

「徽子さま……今日は文《ふみ》を持ってまいりました」

「文を？」

徽子の顔がぱっと明るくなる。

「博雅さまから？」

博雅は硬い表情で、文を載せた盆を徽子のもとに滑らせる。徽子は盆を覆っていた白い布を取り去ると、可憐な白い花に目を細めた。花には青い紙が結んであった。落ち着いた深い青色の紙と白い花の取り合わせが、美しい。紙に焚き込められた香も押しつけがましくなく、上品に香る。細部まで行き届いた文だった。

徽子はそっと文を抜き取った。折りたたまれた青い紙と内側の白い紙を丁寧に開いていく。白い紙に書かれた黒々とした筆致が目に入った途端、徽子は顔を強張らせた。

たった一文字で、徽子は気づいたのだ。それが、博雅の筆跡ではないと。

かさかさと紙が鳴る。徽子の手が細かく震えているのだ。

手紙を読み進める徽子の顔からは、笑顔ばかりか、表情までも削げ落ちていた。しかし、彼女はぴんと背筋を伸ばしたまま、蒼白な顔で、最後まで目を通す。

博雅は戸惑っていた。文を読んだ彼女がそんな顔をするとは、思ってもみなかったのだ。帝からの文だ。戸惑いながらも、栄誉なことだと喜んでくれるのではないかと、しくしくとした胸の痛みを堪えながら、考えていた。

しかし、彼女の表情は、暗く陰っていくばかりだ。

文を読み終えても、徽子はしばらく黙っていた。紙の音だけが、部屋に響く。

徽子は文から目を上げ、博雅を見る。絞り出した声は、怒りに震えていた。

「帝には、さきごろ、内親王《ないしんのう》をお産みになった梨壺《なしつぼ》の安子《やすこ》さまと、去年亡くなったばかりの弘徽殿《こきでん》の述子《のぶこ》さまがいらっしゃるではないですか」

述子さまが今も存命であれば、もしかしたら、この話は持ち上がらなかったのかもしれない。しかし、述子さまは亡くなり、帝の妃《きさき》は安子さまおひとりになってしまった。内親王もまだ小さく、無事成人を迎えられるかは不安も大きい。人々の安心のためにも、新しく妃を迎え、子をもうけることは、帝の義務だといえた。

頭ではわかる。しかし、帝の頼みを受けてから、なぜ、という思いが消えない。文を預かり、こうして徽子を前にしても、博雅の心は、頑是《がんぜ》ない子供のようになぜと叫び続けている。

「徽子さまには、承香殿《じょうぎょうでん》をとおっしゃっています」

博雅は深く頭を下げた。

承香殿は弘徽殿に次ぐ、格式高い殿舎だ。主をなくした弘徽殿に迎えることもできなくはなかったが、述子さまが亡くなって間もないことを考慮したのだろう。帝は徽子を最大限の待遇で迎えようとしているのだ。

しかし、その待遇に、心動かされた様子もなく、徽子は博雅を睨む。

「何故、これを持ってきたのですか？」

詰《なじ》る言葉が痛かった。博雅は深く頭を下げる。

「……帝からの直々《じきじき》の文です。私が……私が、お断りするわけには参りません」

「……読んでしまったら、私も断れないではないですか！」

徽子は目に涙をいっぱいにためて、叫んだ。喉が裂けるような、悲痛な咆哮だった。

ぽたりぽたりと涙が零れ落ち、文の文字を滲ませる。

袖や扇で顔を隠すことも忘れて、徽子が泣いている。その酷《ひど》く無防備な泣き顔に、博雅ははっとした。初めて会った頃、幼い徽子は博雅の前でよくこんな風に泣いていた。

「どうして」

身分や立場を振り捨てて、徽子はただ心のままに泣く。

「どうしてみんな勝手にいろいろなことを決めるの。十歳で伊勢の斎宮になった時だって、私は、私は行きたくなかった。お母さまと一緒にいたかったのに！　伊勢に行ったおかげで、私はお母さまが亡くなるときも、一緒にいられなかったのよ」

「……徽子さま」

穏やかな笑顔の下に押し込めていた思いを、徽子は博雅にぶつける。長い間、側にいる中で、彼女の心細さ、寂しさを少しはわかった気でいた。しかし、まるでわかっていなかったのだ。時に寂しいと口にしながらも、それでも穏やかに笑う彼女しか、博雅は知らない。

「どうして。どうして、博雅がこの文を持ってくるの。私は、博雅からの文が欲しかったのに」

思いがけない言葉に、博雅は息を止めた。彼女が慕ってくれていたことはわかっていた。しかし、それは信頼関係で結ばれた師や、気心知れた兄に向けるような思いではなかったのか。

「どうして！」

徽子の言葉が突き刺さる。どうして、自分はこの文を持ってきたのか。どうして、自分で文を送ろうとしなかったのか。どうして、徽子の思いから目をそらし続けていたのか。

博雅は視線をさまよわせる。しかし、答えなどどこにも見当たらなかった。

博雅は深く深く頭を下げることしかできない。

「すみません。私は……私は……」

私は、なんだというのか。文を送りたかったとでもいうのか。帝の文を預かった今となって。

そんなこと口にできるはずもない。

ただ口ごもる博雅に、徽子の顔が大きく歪んだ。

「博雅なんて、嫌い。大っ嫌い！」

徽子は立ち上がり、手の中でぐしゃぐしゃに握りつぶされた帝からの文を、博雅に向かって投げつける。

「もう、いや！　こんな所いや！」

狂乱し、衝動的に叫ぶと、徽子は駆け出した。博雅の横を抜け、庭に向かって駆けていく。

慌てて、後を追おうとした瞬間、定刻を告げる鐘が鳴った。その音を聞いた途端、ぐわんぐわんと頭が揺れ、たまらず、博雅は倒れ込む。

何とか立ち上がろうともがきながら、博雅は見た。

廊下に出た徽子の胸元から、突如、金の龍が現れるのを。

きらきらとした金の粒子を纏った龍はぐるぐると徽子の周りを旋回する。龍が起こした風に、徽子の衣が激しく煽られる。そのまま徽子の体は浮かび上がった。

博雅はなんとか必死に立ち上がり、走り寄る。

助けを求めるように伸びる徽子の手をつかもうと、手を伸ばす。

しかし、手は届かなかった。

「博雅さま……」

切れ切れに届く声を残して、徽子は金の龍と共に、北の空に消えた。

晴明にすべてを話した頃には、目的地である船岡山に到着していた。とりあえず、あまり手掛かりもない。龍が向かった方向にある北の山を調べることにしたのだ。ここで手掛かりを見つけられずとも、高い所から見渡せば、龍の姿を見つけられるかもしれない。

「……俺はどうしたらよかったんだろう」

ゆっくりと馬を走らせ、手掛かりを探しながら、博雅が力なく呟く。すっかり途方に暮れていた。

「まずは、徽子さまを見つけることだ」

いつもは小憎らしい晴明の冷静さが、こういう時は何とも頼もしい。

よし、と博雅は気合を入れた。徽子女王に対しどうしたらよかったのか、その答えは見つからないが、今すべきことがあるのはありがたい。

しかし、どれだけ捜しても、徽子の姿も金龍の姿も見当たらない。

自分が方向を見誤ったのかと不安になっていると、晴明が唐突に馬を止めた。ひらりと降りて、何かを拾い上げる。それは、徽子が髪に飾っていた庚申薔薇だった。

やはり、この近くにいるのか。そう思った次の瞬間、博雅は思わず息を飲んだ。

晴明が手にした花から、金の粒子が細い帯になって流れ出していた。金の龍を取り巻いていたものと同じものだ。光の帯はまるで二人を誘うように、木々の密集した山の奥へと伸びていく。ここから先は馬が入れそうもない。

二人は顔を見合わせ、馬を近くの木につなぐと、光のあとを追った。

10

「徽子さま」

博雅が大声で呼ばう。しかし、声はすぐに森の静寂にかき消されてしまった。辺りはしんと静まり返っている。耳を澄ましても、応える声は聞こえない。それどころか、鳥や獣の声さえも、まったく聞こえなかった。

晴明と博雅が土を踏み、岩を踏む音だけが微かに聞こえる。

庚申薔薇を手に、金色の粒子の帯に導かれるまま、山の中に分け入ったのだが、しばらくして金色の光はふつりと途絶えてしまった。その後、ひたすら奥に奥にと歩き続けているが、徽子の姿どころか、手掛かりのひとつも見つけられずにいる。

もうどれだけ歩き続けているだろうか。

鬱蒼《うっそう》とした木々の間を縫うように、ただひたすらに歩き続けていた。京の北にあるこの船岡山は小さな山だというのに、まるで終わりが見えない。

同じような風景が続くからだろうか、同じ場所をぐるぐると歩いているように思えてくる。

そういえば、ここは玄武《げんぶ》の守りがある場所だったか、とふいに晴明は思い出す。

京の都は占いによって、東西南北に四神獣《ししんじゅう》の守りを置いている。北の船岡山を玄武、南の巨椋池《おぐらいけ》を朱雀、東の鴨川を青龍《せいりゅう》、西の山陰道を白虎《びゃっこ》がそれぞれ守護しているのだ。

徽子女王をさらった金の龍がこの山の方角に向かったことと、何か関係があるのだろうか。考えながらも、晴明は油断なく、周囲に目を走らせる。

「徽子さま！」

博雅が必死に声を張り上げる。しかし、やはり応える声はない。

ちらりと視界に入ったものに、晴明は足を止めた。

大木の根元。苔むした土の上に、白い布を縫《ぬ》い合わせた簡素な人形が転がっていた。墨で顔が描かれている。あどけない赤子の顔だ。

晴明は、この人形をよく知っていた。

母が作っていた人形。うまくできたと嬉しそうに見せてくれたのを覚えている。

そして、あの日、最後に見た母の手に、握られていた。

どうしてこれが、ここにあるのか……。

「さっきもここを通らなかったか」

物思いに深く沈みかけていた晴明は、すぐ横から聞こえた博雅の声にはっとする。視線を上げるが、目の前にいるはずの博雅の姿はそこにない。

今の今まで聞こえていた博雅の足音も聞こえなかった。

ぐるりとあたりを見回す。どこにも博雅の姿は見えなかった。人を誘い込み、惑わすような深い森だけが広がっている。

「博雅？」

問うように名前を呼ぶが、応える声はない。

気づけば、晴明はひとりだった。

晴明は微かに眉をひそめる。

足元に転がっていたはずの人形も、いつしか姿を消していた。


貞文は山の中を歩き続けていた。

その後を、兼茂、義忠が少し遅れてついていく。

貞文の背を睨む二人の顔には、疲労だけでなく、強い苛立ちがはっきりと表れていた。

北の山に向かって逃げていく晴明を目撃し、追ってきた三人だが、途中、何度も見失いかけた。その度に手掛かりを見つけ、ひっぽってきたのは貞文だった。

山に入ったところで、完全に晴明の姿を見失ったと思った時もそうだ。

義忠は「どこ行った？」と戸惑うことしかできず、兼茂は「見失ったのか、畜生」と悪態をつくことに忙しかった。

しかし、貞文はすぐさま木に繋がれた馬に気づき、晴明たちが山の奥に入っていったことを突き止めたのだ。

「いや、こっちだ」

駆け出した貞文のあとを、兼茂たちは慌てて追った。

今も貞文は晴明たちの足跡を探しながら、歩いている。兼茂と義忠はその後をただついていくだけだ。

最初は、貞文も役に立つことがあるのだな、と単純に喜んでいた。

狩りの時に鷹を使うようなものだ。せいぜい役立ってみせろと、張り切って進む貞文を小馬鹿にさえしていた。

しかし、次第に苛立ちが募るようになった。

貞文はいつしか、まるで統率者のようにふるまっている。

思い返してみれば、陰陽寮の塀の上で、貞文が「追え！」と言ったこともどうなのだ。

まるで、貞文が指示を出し、兼茂たちがそれに従ったようではないか。

上に立つ器もない者が、何を偉そうに。

背中を睨みつけながら、歩く。どこまでも続く単調な風景に、頭にぼんやりと霞がかかる。

「……なぜ、ここを歩いているんだ」

ぼうとした声で兼茂が問う。

「晴明を捜しているんだろう」

応える義忠の声もぼうとしている。

「そもそも、なんで晴明を捜してるんだ？」

「貞文が捜してるからだ」

「ああ、貞文か」

のろのろと歩いているうちに、貞文の背中が少し遠くなっていた。その背中を見ているうちに、兼茂の口からぽろりと言葉がこぼれ出た。

「……本当か？」

「何が？」

「貞文。あいつの言っていることは本当なのか。それにもし、晴明を捕まえたとしても、それは貞文の手柄ではないか」

「そういわれてみればそうだ」

貞文は後ろの様子に気づかず、熱心に足跡を探している。その様子に視線を向けながら、義忠はにたりと嗤った。

「貞文がいないほうがいいんじゃないか」

その横で兼茂もにたりと嗤う。

「ああ、俺も今そう思い始めていたところだ」

貞文を見る二人の顔は、どんどん獣じみていく。まるで獲物を前に舌なめずりでもするような顔で嗤うと、二人は音もなく、前を行く背中を追った。


巨椋池の中の小島に、祭壇が設けられていた。

平らな四角い舞台の四隅には、竹の棹《さお》が立てられ、竹と竹の間に渡らせた縄にはびっしりと呪符が結ばれている。

その舞台の中央には、一人の男がいた。深い赤で縁取《ふちど》られた、黄土色《おうどいろ》の立派な衣を着ている。柄はどこか奇抜で、異国風だ。何より目を引くのは、面だろう。まるで呪符を真似たような奇異な柄が描かれた面が、しっかりと顔を覆っている。

その奇怪な風体の男は、ぶつぶつと呪を口にしながら、大きく腕を振り、上下左右に手刀を切りながら、滑るように歩いていた。

一度左右の足をそろえてから、新たな一歩を踏み出す。その独特な歩き方を、男はひたすらに繰り返す。それは禹歩《うほ》と呼ばれる特別な呪法だった。

男は淀みない足取りで、見事に舞い続ける。

「呪いの舞の力によりて皆無意識の中に引きずり込み」

巨椋池に眠るものに向かって、男はくぐもった声で告げた。

男の呪詛に込められた、怒りと妬《ねた》みと嫉《そね》み。男の強い感情は、言葉に力を与えた。

池を渡る風が、笹を揺らし、男の耳元で鳴る。

男は自分の言葉が、この池に眠るものに届いたのだと確信し、面の下の口をにやりと歪める。

「欲のままに殺し合わせん」

いくつもの顔を思い浮かべながら、男は地を這うような低い声でそう呟いた。

兼茂と義忠は足音を殺しながら、じりじりと距離を詰める。

あと一息で、前を行く貞文に追いつくというところで、声が、した。

（サツイヲ、ブキニ、カエヨ）

くぐもったような声が頭に響いた瞬間、二人は武器を手にしていた。軽く念じただけで、ずるりと自分のうちから生まれ出た感触があった。赤黒い血のような色をした鉈《なた》と鎌。それぞれ手にした武器をしっかりと握り、二人は薄ら笑いを浮かべながら、走り出す。

無防備な貞文の背中に、先に切りかかったのは義忠だった。

鎌の刃が背中に食い込むかと思われた刹那《せつな》、義忠の体を薙《な》ぎ払ったのは銀の一閃《いっせん》。人とは思えない速度で振り返り、刀を振るった貞文は、血しぶきを上げ、地面に転がる義忠を見下ろして嗤った。その顔は、やはりどこか獣じみている。

（サツイヲ、ブキニ、カエヨ）

貞文の頭にも響いた声。その直後、手に現れた武器は、貞文の殺意をあらわすように、長く、鋭かった。

「騙されていると思ったか。俺が騙してやったんだ」

兼茂の顔から余裕ぶった笑みが剝がれ落ちていく様は、なんとも痛快だった。ずっとこの男の、善人面が気に食わないと思っていたのだ。ただ威張り散らすだけの泰家に代わり、まるで本当の得業生は自分であるかのようにふるまっていた男。貞文にも気遣うような言葉をかけていたが、その目が時折見下すように光っていたことに、貞文は気づいていた。

「なんだと」

兼茂は鉈を構え、油断なく、貞文の様子をうかがう。

「お前のような気色悪いやつが、陰陽師の頂点に立つことなどできぬわ」

唾棄《だき》するように、兼茂は言った。まるで自分こそが帝の陰陽師となる者だと言わんばかりの口調だった。

貞文はかつてのことを思い出す。まだこの男の親切を本物だと信じていた頃のことだ。帝の陰陽師になりたいのだとぽろりと漏らしたことがあった。嗤われることを覚悟していたが、この男は貞文の夢を嗤わなかった。一緒に頑張ろうと、そう言った。

しかし、今、この男は貞文を見て嗤っていた。馬鹿な男だと、はっきりと見下している。やはり、嘘だったのだ。嫌悪感を隠す気もない表情に、貞文は笑う。

思ったとおりだ。ただ傲慢《ごうまん》だった泰家よりも、嘘にまみれた醜悪な男。

よかった。これで思い切り、切り刻める。

「実力もないくせに何をぬかしておる」

実力が足りない自覚はあるのか、貞文の言葉に兼茂の顔からすっと笑みが消えた。

「その言葉、そっくり返そう」

鉈を振り上げ、兼茂が切りかかる。貞文は咄嗟に避け、鉈を持った手をつかむ。なんとか鉈を落とそうとするが、兼茂は死に物狂いで抵抗する。二人はつかみ合い、踊るようにくるくると回った。離れているときには俄然《がぜん》有利だった貞文の刀は、つかみあうほどの距離では、その長さを持て余す。二人は互いに相手の武器を奪おうと力を込めて手を捻り上げ、出鱈目に武器を振り回した。

不意に、兼茂の動きが止まった。

貞文はさっと距離を取って、様子をうかがう。

兼茂の足をつかんだのは、義忠だ。地面に転がったままで、何かに憑かれたように、兼茂の足に執拗に刃をふるっている。兼茂は必死になって、その攻撃をひらりひらりと避けるが、義忠はぱっくりと開いた胸の傷など存在しないかのように、ぶんぶんと鎌を振り回し追い詰める。

手を結んでいたはずの兼茂と義忠が殺し合いを始めても、貞文は何の疑問も持たなかった。

学生は皆、敵同士だ。得業生の座も、帝の陰陽師の座も、手に入れられるのはひとりだけ。味方同士が殺し合うのも当然だ。結局は、敵なのだから。

（コロセコロセコロセ）

頭の声はうるさいほどだ。

渡すものか。渡してなるものか。

ふつふつと血がたぎるのを感じる。

貞文は必死に攻撃をかわす兼茂に向かって刀を振り下ろした。しかし、その刀はかわされてしまう。不意に頰に風を感じた。追撃しようと振り上げた刀で、とっさに攻撃を防ぐ。横から切り付けてきたのは、義忠だった。刀と鎌、刃を交え、力比べのように押し合う。次の瞬間、貞文はぱっと横に飛んだ。貞文の体を切り裂くはずだった兼茂の刃は、宙を切り、そのまま義忠の脇腹を引き裂く。

気づけば、兼茂の鈍も刀に姿を変えていた。

貞文は正面から兼茂と切り結ぶ。兼茂は刀を交え、ぐうっと力任せに押し下げる。このままでは手から刀を落とされてしまうというところで、貞文は下げていた顔をくっと上げた。

その口には抜身の小刀がくわえられている。貞文は頭を鋭く振って、兼茂の首に切り付けた。

深い傷にはならなかったが、兼茂は首をおさえながら、後ろによろめく。

手にべったりとついた赤い血をぼんやり見つめると、兼茂は不意ににやりと笑った。

高揚感に満ちた、どこか愉しげな笑み。

「得業生は俺のものだ」

そう言い放ち、目を正面の貞文に据えたまま、兼茂は横からの義忠の斬撃を受け止める。ぶつかり合った刃が、きんと甲高い音を立てる。髪を振り乱し、義忠は兼茂を憎悪の目で睨みつける。より強い殺意が形になったのだろう。義忠もいつしか刀を手にしていた。

「帝の陰陽師は、俺のものだ」

兼茂と義忠の言葉に、貞文は声を上げて笑った。俺のものだと言いあう二人が滑稽だった。滑稽で、馬鹿らしくて……ひどくイライラする。

「うるさい！」

貞文は叫びながら、小刀を二人に向かって投げつけた。まっすぐにとんだ小刀を、二人は難なく避ける。

「何もかも、俺のものだ！　すべて俺のものだ、誰にも渡さん」

気づけば、頬が濡れていた。

乱暴にこすった手が赤く染まる。

自分の血か、他人《ひと》の血か。まあ、今はどうでもいい。どうせ、もっと血が流れるのだ。

（ヨクト、ウラミノ、ホノオヲ、モヤセ）

また頭に声が響く。体が熱い。全身の血が燃え滾《たぎ》っているようだ。

気づけば、足元から炎が上がっていた。どす黒い炎はゆっくりと体をなめるように、のぼってくる。すさまじい熱さだった。地獄の責め苦のようだ。しかし、火を消そうとは思わなかった。消すなんてとんでもない。炎を燃やすのだ。もっともっと。邪魔する者たちを跡形もなく焼き尽くすほどに。

あっという間に、貞文の全身は炎に包まれた。義忠も兼茂も黒い火に焼かれていた。

炎をまといながら、三人は刀を構えて、対峙する。そして一斉に切り結んだ。叫び声を上げながら、刀を振り回し、振り下ろす。その度に火の粉が飛び、黒い炎は一層勢いを増した。

炎は骨にまで達しようとしている。刀は何度も腹に、肩に深く突き刺さり、肉を裂く。しかし、貞文はもう熱さも痛みも感じなかった。

こいつらさえ焼き尽くせば、全ては俺のものだと呪のように唱えながら、もはや勝鬨《かちどき》なのかも、悲鳴なのかもわからない叫び声を上げながら、刀を振り続ける。

義忠も兼茂もひたすらに刀を振るった。

黒い炎はますます大きくなり、三人をまとめて飲み込んでしまう。思うように動かない手を必死に動かしながら、貞文は炎に焼かれ、ゆっくりとその形をなくしていく。

炎の中で一瞬、頭を過《よぎ》った懐かしい顔。皺《しわ》と苦労が刻まれた老婆の顔。あれは誰の顔だったか。思い出す間もなく、貞文の心は激しい渇きに占められてしまう。なぜそれを欲したか、思い出すこともできず、ただ必死に手を伸ばす。

完全に一つとなった黒い炎は、「コロセコロセ」という声が響くたびに、一回りも二回りも大きくなっていく。多くの命を燃やし、いくつもの怨嗟《えんさ》の声を轟《とどろ》かせながら、火は不気味なほどに膨れ上がる。

そして、ついには天を焦がすほどになった。

博雅の名を呼びながら、晴明は歩き続けていた。

どれくらいひとりでさまよい続けているのだろう。ほんのわずかな時間のようでもあるが、もう半日が経っているようでもある。

あたりには何の気配も感じられない。博雅が返事をするわけはないとわかっていながら、呼びかけずにはいられなかった。

柄にもなく、焦りを感じているという自覚はある。お前のせいだと、心の中で博雅を罵る。自分ひとりであれば、どうとでもなったのだ。笛しか能がないというのに、あの男のことだ。思い人のために今この時にも無茶をしているに違いない。

自分たちがこの森に囚われてしまったということには、とうに気づいている。

しかし、抜け出る手掛かりがまるでなかった。

延々と森が続いているだけだ。

何か、この世界の綻びのようなものはないか。

地面に目を落とした瞬間、晴明は人形のことを思い出した。

土の上に転がっていた、母の人形。

あれは、何かの意図を感じさせるものだった。

罠《わな》、かもしれない。しかし、今はそれでもいい。罠だとしても、それを元にきっとどこかにたどり着く。

そう思いながら、一歩踏み出した途端、ぱっと視界が開けた。

一瞬のうちに森を抜けていた。

いや、森自体が消えていた。晴明はひどく開けた場所に立っている。

しかし、晴明は少しも驚かなかった。半ば予想していた光景を、睨みつけるように見つめている。

「あの夢だ」

目の前に見えるのは、幾度となく繰り返し夢に見た光景だ。

空から赤い火が降り注ぐ、この世の終わりのような光景。

川を見下ろす堤の上には、男の影も見える。

必死に目を凝らすが、男の顔はやはり影に塗りつぶされたように、黒々としていた。

足元に目をやる。

掘り返されたばかりの土の山と、無造作に突き立てられた細身の刀が見える。土から突き出たほっそりとした手と、がっしりと大きな手も。いつも見る夢のままだ。

ほっそりした手の中には、人形があった。森の中に落ちていた赤子の人形とまったく同じものだ。

あの日。晴明は思い出す。

あの日、母は人形を作っていたのだ。おなかの中にいる子のために、せっせと針を動かし、人形をこしらえていた。もうすぐ晴明には弟か妹ができるはずだった。

しかし、あの男が一瞬にしてすべてを奪った。

父を殺し、母を殺し、まだ生まれてもいない命を奪った。

男がどうして晴明の命だけ残したのかはわからない。

晴明はただ一人生き残り、両親の復讐を果たすことだけを思って生きてきた。

晴明はゆっくりと土の山に近づき、膝をついた。そっと土から出た手に触れる。手は心をえぐるほどに冷たく、まるで作り物のように固く強張っていた。

晴明はその二つの手を、人形ごとそっと包み込む。

この人形を嬉しそうに眺めていた母の笑顔を思い出す。その母を愛おしそうに見つめていた父の微笑みも。

晴明はぐっと拳を握った。長い歳月が経ったとは思えない程の鮮烈な悲しみと怒りが、体の奥底から突き上げてくる。

不意に視界が滲んだ。

ぐうっと喉を引き絞られるように、息が詰まる。気づけば、頰を涙が伝っていた。涙は次々にあふれ、喉を濡らす。必死に止めようとするが、止まらない。

敵を討つまで、涙など流すまいと思っていたのだが、涙は勝手にあふれてくる。

「父さん……母さん……」

震える手でぎゅっと冷たい手を握る。

力があれば、と思った。

自分に力があれば、父と母を救うことができた。あの男を止められなかったのは、あの時の自分が無力だったからだ。

泣きながら、あの日の自分を悔やむ。激しい怒りは自分自身へも向いていた。

力が……もっと力があれば……。力さえ、力さえあれば……両親を殺したあの男を……。

(そうだ)

不意に声が響いた。不自然な不明瞭な声。晴明はゆっくりと顔を上げる。

堤の上にいたはずの男がすぐ近くに立っていた。

土の山につき立った刀ごしに、その影が見える。これだけ近くにいても、やはり顔は見えない。

(お前の親を殺したのは私だ)

声は挑発するように言うと、晴明に背を向け悠々と歩き出す。

体の内側に、炎が上がるのを感じた。自らを焼き尽くすほどの激しい憎悪の炎。

晴明は憤怒の表情で、男の背を睨みつけた。ずっと追い続けてきたその姿に、内なる炎はより一層激しさを増している。晴明はぎりぎりと歯を食いしばり、荒い呼吸を繰り返す。

事実を見ろという、心の声はある。しかし、膨れ上がる怒りを前に、その声はあまりに小さかった。

次の瞬間、右手は刀の柄《つか》へと伸びていた。一息に土から引き抜き、男の背中に向かって走り出す。手を触れた途端、刀は一気に燃え上がった。炎は腕を伝い燃え広がっていく。男の背中にもうすぐ手が届くというところで、晴明の上半身はほとんど火に包まれていた。

しかし、晴明の意識にはもう男のことしかなかった。この刀をその背中に向かって振り下ろすことしかない。今なら、自分にはその力がある。

その力を、振るってやるのだ。力を。圧倒的な力を。

大きく刀を振り上げた瞬間、ピューッという甲高い笛の音が空気を切り裂くように響きわたった。

晴明ははっと動きを止める。荒い息を吐きながら、男の背中を睨みつける目は、血走っていた。腕は今にも勝手に動き出しそうに小さく震えている。

晴明が動きを止めたのと同時に、男も動きを止めている。その背中に急かされるような気持ちになった。

今だ、殺せ殺せ、と急かすような声がする。両親を殺した男をなぜ殺さないのかと。

しかし、晴明の耳には、笛の音が届き続けていた。わんわんと耳をつんざくような声の中でも、笛の清冽《せいれつ》な音は不思議とよく聞こえた。

博雅の笛だ。

音を聞いて、すぐにわかった。演奏を聞くのは初めてだったが、間違いない。

(目を背けるな！　事実だけを見るんじゃなかったのか)

続けて聞こえてきた博雅の声に、はっとした。そうだ、事実だ。事実を見るんだ。

ゆっくりと呼吸が落ち着いてくる。自分の体を覆っていた黒い炎にもようやく気がついた。炎は次第に小さくなり、やがて消えた。晴明はずっと振り上げていた刀をそろりと下ろす。

体の中で暴れまわっていた炎もまた、少しずつおとなしくなっていった。炎は決して消えることはないだろう。しかし、晴明の体を内側から食い破るようなものではなくなっていた。

晴明は目をつむり、ゆっくりと呼吸を繰り返す。

博雅の笛は鳴り続けている。

(助けるどころか、助けられてしまったな……)

今なら、目を背けずに、まっすぐ見られそうな気がした。

晴明は閉じていた目を、ゆっくりと開く。

そして、目の前の影のような男をじっと見つめた。

今にも輪郭さえあやふやになってしまいそうな、そのぼんやりとした姿にひたすら視線を注ぐ。

次第に、男の姿がくっきりと見えてきた。輪郭も確かになり、真っ黒だったその姿に色がつく。

男はゆっくりと振り返った。

顔は、影ではない。見える。はっきりと見える。

晴明の視線を堂々と受け止めるその顔。

晴明はあえぐように息をした。

たちまちにすべてを思い出す。

それは、確かに、あの日見た男の顔だった。

11

山の中、晴明とはぐれた博雅は、闇雲に動かしていた足を止めた。

唐突に晴明の姿が見えなくなったのだ。どうも不思議な力が働いているとしか思えない。だとすれば、自分が出鱈目に歩き回っても、無駄になるだけだ。

博雅は晴明を捜し回ることをあきらめ、立ち止まると、笛を取り出した。

そっと口をあて、奏でたのは「小乱声《こらんじょう》」という龍笛の独奏曲だった。拍子にはまらない、どこか乱れた感じのある曲だ。吹いているうちに、心がどんどん自由になっていくのを感じた。

哀切な音色が鬱蒼とした森に響き渡る。音は山に木霊《こだま》し、反響する。その響きがまた美しく、博雅はますます夢中になって、吹き続けた。

どれだけ吹き続けていたのだろう。気づけば、晴明の姿があった。

「……晴明」

思わず演奏の手を止めて、呼びかける。どこからともなく突然姿を現したことに驚きはあったが、再会できた安堵《あんど》の方が大きかった。

晴明は目を見開いたまま、呆然と立ち尽くしている。涙に濡れたその目に、博雅の姿は映っていないようだった。

仕方なしに博雅は、ごろごろした石を踏み越えながら、晴明の側に寄る。

「晴明、どうした。何か悲しいことがあったのか」

すぐ近くに立ち、そっと尋ねる。晴明はようやくぼんやりとした目を博雅に向けた。

普段の小馬鹿にするような目でも、まるで心の読めない澄んだ湖面のような目でもない、ひとりはぐれた子供のような、悲しい目だった。

晴明は博雅の問いに、ゆっくりと口を開いた。

博雅は辛抱強く、言葉が出てくるのを待つ。

しかし、晴明は何も言わなかった。口にしかけた言葉を呑み込むように、ごくりと喉を鳴らす。そして、深く息を吐いて、改めて言葉を口にした。

「何故、笛を？」

それは最初に口にしようとしていた言葉とは、違う言葉だろう。しかし、知りたいという気持ちに嘘はなさそうだ。声音から敏感に感じ取り、これはしっかりと答えねば、と博雅は自分自身に向かって「何故？」と改めて問いかける。そして、自分の心を探るようにしながら、無駄に言葉で飾ることもなく、素直に答えた。

「俺は、色んなときに笛を吹くのだ。うれしいときも、悲しいときも、不安なときも。そうすると、心が落ち着いて、色んなことがどうでも良くなってくるのだ。そうすると、全部が大丈夫になるんだ」

語るうちに、口元には柔らかな微笑みが浮かんでいた。笛のことを話しているだけで、うれしくなってしまう単純さが自分でもおかしい。馬鹿にされるかと思ったが、晴明は笑わなかった。

「お前の笛に助けられた」

何か大切なものを委《ゆだ》ねられたような気持ちになる、まっすぐな目だった。思いがけない言葉に、博雅はだらしなく緩みそうな口元を必死に引き締める。

そして、風にさらわれるような微かな声で、晴明は言った。

「ありがとう」

「え？……礼を言った？　言った？」

とうとう我慢できずに、博雅は思わずにやにやと笑いながら、ゆっくりと晴明ににじりよる。途端に晴明は嫌そうな顔で目を逸らした。

「もう一度言ってくれ」

「二度言ったら、ありがたみがなくなるだろう」

真剣に頼み込むが、晴明はにべもない。いつの間にかすっかり見慣れたいつもの顔だ。残念に思いつつ、少しほっとしたような気持ちもある。

「いや、そんなことないぞ。礼は何度言われてもうれしいものだ。何度も、何度も言ってほしいものだ」

晴明の礼であれば、なおさらのこと。もう二度と聞けないかもしれないのだから、しっかりと心の準備をしたうえで改めて聞きたい。

しかし、すっかりいつもの調子を取り戻してしまった晴明は、ばっさりと博雅の懇願を無視し、「それより博雅」と話題を変えた。

「徽子さまは捜してもみつからないぞ」

そうだった、今はとにかく徽子さまのことだ。博雅は眉根を寄せ、真剣な顔で、「どうして？」と問う。

「いや、捜せば捜すほど見つからなくなる。ここは現実だと思っていたが、現実じゃない」

「なんだ、それは」

晴明の言うことは、謎かけのようだ。現実ではないというのなら、一体、ここはどこだというのだろう。今も足の裏にしっかりと地面を感じているのだが、これも本当ではないというのか。博雅は混乱する。

「無意識の中だ」

「え？」

「ここは、人の心の奥深く、深層心理の世界だ」

「は？」

いよいよついていけず、博雅はぽかんと口を開けたまま、晴明を見る。

「心に思うことが増幅されて現れる。欲のままに行動すれば、この世界に取り込まれてしまって、二度と帰れなくなる」

「……どうしてそんなことに？」

晴明は近くの岩に、ふわりと腰を下ろした。晴明のいうとおりならば、大変な状況だというのに、先ほどまでの無防備な表情が嘘のように、晴明はどっしりと落ち着いている。その様子を見ていたら、不思議と何とかなるような気がしてきた。

「呪にかかったのさ。催眠術のようなものだ」

「いつ」

「多分、あの時……」

晴明が口にしたのは、定刻を告げる鐘の音だ。陰陽寮の教室にいた晴明は、鐘の音を耳にすると同時に視界に違和感を覚えたという。

確かに、と博雅も思い出す。徽子を追いかけようとした瞬間、自分も鐘の音を聞いたのだった。その時、頭がぐわんぐわんと揺れるように感じたのを、はっきりと覚えている。

あの時自分は呪にかかったのか。だとしたら、陰陽寮に馬を走らせたのも本当ではないということなのか。そもそも、こうして今、晴明と話している自分も本当なのだろうか。

「晴明、俺はなんだかわからなくなってきたぞ。じゃあ、徽子さまはどこにいるんだ？どうすれば助けられる？」

舌をもつれさせながら必死の思いで尋ねると、晴明はゆっくりと立ち上がった。

「人は意識の深いところでは皆、繋がっている。だから、今、俺とお前もここにいるんだ」

さらなる説明を受けて、博雅はますますわからなくなった。つまり、どういうことだと晴明を見る。

「何かきっかけがあれば、徽子女王という意識ともつながる」

「……きっかけ……」

ややこしいことは苦手だ。晴明が理屈を飛ばし、具体的な話をしてくれたのがありがたい。

「龍笛」

晴明は博雅の手元の笛を見つめて、呟いた。博雅もじっと笛を見る。これがそのきっかけになるというのか。

「吹いてみろ。徽子女王と一緒に演奏した曲を」

博雅はその言葉を受け、すぐさま、そうっと龍笛を唇に当てた。

澄んだ美しい音色が響き渡る。葉を揺らし、木々の間を抜け、音はどこまでも広がっていく。

徽子と何度も合わせた曲。

目を閉じ、自らの音に耳を澄ませていると、不意にボンボンと低く響く和琴の音がした。

博雅の笛に寄り添うように響く琴の音。

まるで自分の音の一部のように聞き続けてきた音。

間違いない。徽子の琴の音だった。

笛を吹きながら、博雅はゆっくりと目を開ける。

そこはつい先ほどまでいた森の中ではなかった。晴明の姿も消えている。

博雅が立っていたのは美しくも不思議な場所だった。

がらんとした広い部屋に黒塗りの柱だけが伸びている。黒い床は光を反射しているのか、白く凍り付いているようにも見え、まるで冬の湖面のようだ。床は上に伸びる柱をぼんやりと映し出し、床の下に水底があるようにも見える。

部屋の四方に見えるのは、真っ白な雪景色だった。白く染まった木々が、激しい吹雪《ふぶき》に霞んでいる。見ているだけで、心から凍えるような光景だ。しかし、不思議と寒さは感じなかった。

現実の世界は、夏だったはずだ。

しかし、この世界の季節は明らかに冬だ。雪に閉ざされた、恐ろしいほどに静謐《せいひつ》な空間。そこに博雅の笛と徽子の琴だけが響く。

徽子は消えた時と同じ、鮮やかな赤と桃色の衣をまとっている。白と黒だけのこの空間の中で、その姿はひときわ目を引いた。

笛の音に気がついていないはずはないのだが、徽子はこちらを見ず、琴を爪弾いている。

しかし、長いこと一緒に音を合わせ続けてきたのだ。徽子がこちらを見ずとも、自然に音はぴたりと合い、響きあう。

博雅は笛を吹きながら、ゆっくりと近づいていった。

徽子は琴に目を落としたまま、博雅を見ようとしない。

曲の終わり、徽子はいつもより強く弦を弾いた。その音に、博雅はぴしゃりと頰を張られたように感じる。

曲が終わり、博雅はゆっくりと笛を下ろした。しかし、徽子は手を止めなかった。曲が終わっても、だらだらと弦を弾き、音を鳴らす。小指ではじいた弦が震え、細く長い音を響かせた。

最後の音が消えると、途端に静寂が耳についた。

雪が音を吸うのか、しんと怖いほどに静まり返っている。

「徽子さま」

返事はない。

博雅はさらにおそるおそる歩を進め、徽子に近づいた。とにかく、無事な様子にほっとする。いや、これは意識の中の姿で、現実の姿とはまた違う可能性もあるのか。博雅は静かに混乱する。徽子の頭に飾られた庚申薔薇の花がひとつなくなっていて、ますますよくわからなくなった。

「徽子さま」

二度目の呼びかけに、徽子は「博雅」と声を返した。温もりのないその声に、ぞくりと小さな震えが走る。博雅は慎重に「はい」と答えた。徽子はゆっくりと面《おもて》を上げる。その顔は色を失っていた。まるで死人のようだ。徽子は今にも涙が零《こぼ》れ落ちそうな目で、博雅を睨んだ。

「博雅はどうして、あの文を持ってきたの？」

「それは、主上からの……」

「嘘！」

博雅の言葉は、鋭く遮られた。

「博雅は私を嫌いなんだ！」

すっくと立ち上がり、どこか幼い口調で博雅を詰ると、徽子はふいっと背を向ける。そして、いつもとは違う乱暴な足取りで、歩き出した。

「いつも、いつも、いつも、いつも！　そうやって、そうやって、みんな、私の気持ちなどお構いなく、なんでも、勝手に決めてしまうのよ！」

その声は涙に濡れていた。徽子は泣き顔を博雅から隠そうとするように、遠く離れた部屋の隅で足を止める。

「なんだって、なんだって……私を無視して！」

心からの叫びが胸に痛かった。徽子はこうした叫び声を、聞き分けのいい少女の顔の下にずっと隠してきたのだ。

本当ならば、伊勢の頃のように膝の上に抱きかかえてやりたかった。あの頃のように、安心して眠りに落ちるまで、抱きしめていてやりたい。

しかしもう、徽子は小さな小さな庇護すべき子供ではない。徽子の気持ちもあの頃のままではなく、博雅の気持ちもまたあの頃のままではない。そして、何より、徽子は帝の妃となる人だ。

「そんなに私が……私が嫌いなの？」

徽子は涙に声を詰まらせた。

「嫌いだから持ってきたんでしょう！」

「いえ、いえ、逆です」

博雅は懸命に言葉を継ぎながら、思い切って距離を詰める。

「その逆です。……あまりに好きすぎて、何も言えなかったんです」

ずっと口にできずにいた思いを、博雅は徽子に伝える。しかし、徽子はその言葉に頬を叩かれたかのように顔を強張らせ、「うそ」と吐き捨てた。

「本当です」

博雅はもう言葉に心を籠《こ》めることしかできない。しかし、徽子の顔は強張ったままだ。

「では、私を連れて逃げてくださればよかったのに。あの文を渡さずに、そう言ってくだされればよかったのに」

涙に濡れた目で詰られれば、もう何も言えなかった。言葉では何とでも言える。しかし、実際、博雅は何の行動も起こさなかった。それが、〝事実〟なのだ。どう言い訳しようが、動かしがたい事実。

あり得たかもしれない徽子との未来が、一瞬鮮やかに脳裏に浮かび、容赦なく胸をえぐる。もし、自分にほんの少しの勇気と自信があれば、こうして彼女を泣かせることはなかったのかと思うと、後悔が浮かぶ。

しかし、と博雅は悲しい思いで、認める。自分はまた同じ選択肢を前にしても、同じ道を選ぶだろうと。

博雅は深く項垂《うなだ》れる。そして、絞り出すような声で、徽子に告げた。

「徽子さま。私は……私は……ダメな人間なのです。ただ笛を吹いていれば、幸せになってしまうダメな人間なのです。楽《がく》以外のことは何もできません。将来、どうなるかもわからない身なのです。落ちぶれて、破れた屋敷に住むようになるかもしれません」

謙遜でも何でもない、本当に自分はこうしたダメな人間なのだ。彼女のために努力しようとしても、きっと、ひとたび笛を吹けばその努力も忘れて、夢中になってしまう。かといって、笛を捨てるということも到底できそうにない。彼女のためであっても自分は笛を手放せない。そんなダメな人間なのだ。

「そんなこと関係ない！」

徽子が叫ぶように言う。

きっと自分の言葉が、ずるい大人の言い訳に聞こえているのだろうと博雅は思う。確かに言い訳ではあるのかもしれない。しかし、徽子に幸せでいてほしいと思う気持ちは本物だ。そのことがほんの少しでも伝わればいいと、祈るように思う。決して自分の罪悪感を拭いさるためではない。もっともっと愛されるべきこの人のために。

「徽子さま」

逃げるようにまた距離をとる徽子に、博雅は追いすがる。

「相手が帝でなければ……もしかしたら、もしかしたら……私にほんのちょっとでも、勇気があれば、徽子さまと一緒にどこか遠くに逃げていたかもしれません」

拒絶するような徽子の背中に、博雅はそっと語り掛ける。

「でも……帝は絶対に……あなたにふさわしいのです」

「私は、帝といるよりも、博雅といる方が幸せです」

固い口調で突き返された言葉に、一瞬、震えるような喜びを感じる。しかし、博雅はその気持ちを押し殺し、穏やかな笑顔を作る。

「……徽子さま、いままでどのくらい帝と時を過ごしましたか」

初めて徽子が少し考えるような顔をした。博雅は包み込むような優しい口調で諭《さと》す。

「これから、見つかる幸せというものもあるのです」

帝は素晴らしい方だ。国で一番の権力者というだけではない。帝は真摯に人の言葉に耳を傾けることができる稀有《けう》なお方だ。きっと、彼女を幸せにしてくれる。自分の気持ちを無視され続けてきたと感じてきた彼女の思いに気づいてくれる。

「そして、いつも側にある幸せも」

怪訝そうな徽子に博雅は微笑んだ。

「笛を吹いている時、私はひとりでも幸せです。徽子さまもそうではありませんか。思い出してください。琴を演奏しているとき、あなたは誰がいなくても幸せではありませんか」

徽子はじっと黙っている。それでも、先ほどよりずっと言葉が届いているという感触があった。

「それに、私があなたを好きな気持ちは、ずっと変わりません。それは、あなたが誰と一緒にいても……同じなんです」

それは今の博雅ができる、精いっぱいの告白だった。

涙で潤んだ目で、徽子がじっと見つめる。

次に会うときは、きっと現実の世界。もう御簾越しの対面も難しくなるだろうか。

博雅は鈍い痛みを感じながら、美しい彼女の姿をその目に焼き付ける。

この痛みとはこの先もずっと共に生きていくことになるのだろうと、感じながら。


博雅の言葉に、徽子は胸の奥が震えるのを感じた。自分の中の空洞に、博雅の言葉が反響している。

「好きな気持ちはずっと変わらない」という博雅の言葉に嘘はない。偽りの言葉、口先だけの言葉を散々聞いてきた徽子には、それがよくわかった。

博雅の思いが嬉しい。帝の妃として添うことを勧めた口が紡いだ言葉だと傷つきながらも、嬉しかった。

でも、それだけではなかった。

博雅の何かに、心が共振している。

自分をうつす博雅の目を見た瞬間、全てがわかった。

寂しさだ。寂しさが、共鳴しているのだ。博雅の目の中には、確かに徽子が抱え続けてきたものと同じ、孤独と寂しさがあった。

そうか、と初めて見るような目で、徽子は博雅を見る。

この人もまた寂しいのだ。寂しさを抱え、生きている。寂しさを抱えているのは、自分であって、それを埋めてくれるのが博雅だと思っていた。まるで自分だけがこの世界でひとり寂しいのだと、気づかぬうちにどこかで思っていたのだ。そんなわけはない。皆、寂しいのだ。人は皆、寂しい。自分を捨てたと思っていた両親も、きっと寂しさを抱えていたのだろう。引き離されて、哀しいのは、自分だけではなかった。

わかっていた。わかっていたはずなのに、いつしか、自分の心だけを見ていた。

寂しさを抱えているから、この人は優しいのだと徽子は思う。そして、だからこそ、彼の笛の音は人の心に響くのだ、と。

自分はどれだけ自分の寂しさに気を取られ、いろんなものが見えなくなっていたのだろうと思う。

(琴を演奏しているとき、あなたは誰がいなくても幸せではありませんか)

琴のことだってそうだ。

自分が琴を続けてきたのは、それが博雅と自分をつなげてくれるものだからだと思っていた。続けていれば、博雅と会うことができる。そんな不純な思いで、ひたすらに曲を覚えた。博雅に褒めてほしいという気持ちで、練習にも打ち込んだ。

楽の天才と呼ばれる博雅に、いつか自分の音が偽物だと気づかれてしまうだろう。そんな不安すら感じていた。

でも、自分は確かに琴を演奏して幸せを感じていたのだ。博雅と音を合わせる幸せにばかり気を取られていたけれど、確かに琴を爪弾き、自分の体のことも忘れるぐらい没頭する時間を自分は楽しんでいた。

自分は自分に呪をかけ続けていたのだ。自分は幸せではないという呪。そして、博雅が側にいなければ、幸せになれないという呪。それは、自分自身を縛り、博雅のこともきちんと見えなくしてしまっていた。

しかし、博雅のまっすぐな言葉が、寂しさを抱え、人を思う心が、その呪を解いてくれた。

私の幸せに気づかせてくれた。

呪が解けても、寂しさは消えない。これは自分がこれからも抱え続けていくものなのだろう。

ずっと自分はこの部屋のように空っぽだと思っていた。孤独で、寂しくて、空虚で。でも、きっと、ここは琴の中の洞のようなものなのだ。琴はその中に空洞があるから、音が美しく響く。それと同じだ。きっとこの洞があるから、私は琴を続けられる。音を響かせられる。

そして、この洞を抱えているからこそ、人と人は添うことができる。響きあうことができる。

どんなに離れていても。誰と一緒であっても。

徽子はするすると博雅のもとに近づくと、おもむろに抱き着いた。驚きのあまり、徽子の腕の中で博雅は体を硬直させている。徽子は離されまい、とひしとしがみついた。帰るべき場所に帰ったような感覚があった。伊勢の頃、自分が泣き止むまで博雅がしっかりと抱きしめてくれたことを思い出す。でも、もう自分は幼い少女ではない。もうあの頃とは違うのだ。

さようなら、私が好きになった人。

心の中で別れを告げる。

子供の頃からいつだって私の気持ちは無視され続けてきた。私の心に自由などないと思っていた。でも、私の心は、自由に人を好きになった。私の心は私のもの。この心の痛みも私のものだ。

この人が好きだと強く思う。添うことができなくとも、痛みを抱え、私はこの人を思う。それは、不幸なのでは、決してない。

離れていても、この人と私は繋がっている。今は確かにそう信じられる。

博雅の肩越しに見る外の景色に、徽子は小さく微笑む。

重く凍り付いたような冬の景色が、みるみる姿を変えていく。白い雪は、淡い桃色の花となり、気づけば枝には重たげに見えるほどの満開の桜が咲き乱れていた。

「徽子さま?」

戸惑うような博雅の声に、徽子はぐっと身を寄せる。

「私、ずっと寂しかったの。お父さまとお母さまに見捨てられて、ずっと、ひとりだと思っていたから」

何の涙だろう。何かこごったものが溶け出すような、どこか心地いい涙だった。ひとりという言葉に、博雅がぐっと強く抱き寄せてくれたのがうれしかった。優しい、優しい人だ。

「でも、ここにきて、わかった」

徽子はふっと微笑んだ。

それが合図だったかのように、湖面のような床から鮮やかな緑が一斉に芽吹きだす。緑の芽は葉を広げ、蔦を伸ばし、色とりどりの花を咲かせる。薔薇も菖蒲《しょうぶ》も躑躅《つつじ》も、季節に関係なく、様々な花が競い合うように咲き誇る。緑と花はじわじわと床を覆い、柱を伝い、部屋を覆っていく。気づけば琴も花に覆われていた。見事な薔薇の花が美しく琴を飾っている。

「私、最初から一人じゃなかった」

嘘ではなく、そう告げられることが嬉しかった。

花でいっぱいの部屋。私はこの部屋を抱えたまま、入内する。

「ありがとう、博雅」

抱擁を解き、まっすぐに目を見ながら思いを込めて告げる。博雅はなぜか泣きそうな顔をしていた。

小さい頃、博雅によくしてもらったように、頬に手を添える。

そして、大輪の薔薇の花のように笑った。

「徽子は今、とっても、しあわせです」

たちまち博雅の目が潤む。自分の代わりに泣こうとしているこの男の優しさが、胸に痛い。でも、その痛みもまた、喜びだった。人を好きになったからこその、痛み。私が私であるからこその、痛み。

気づけば部屋の花はどんどんと増えていく。

頬に添えた手に博雅がおずおずと手を重ねる。記憶のままの温もりがうれしかった。

徽子はにっこりと笑って、少し背伸びをする。

そして、そっと唇を重ねた。

12

唇が重ねられた瞬間、博雅は反射的に目をつむっていた。

帝のことを思えば、こんなことはいけないと突き放すべきだったのかもしれない。しかし、帝のことなど微塵も頭に浮かばなかった。

そっと触れるだけの口づけだったが、深く混じり合うような心地がした。今この時間、花で満たされたこの部屋で、そうしていることが、何より自然に感じる。

瞬きするほどの間だっただろうか、それとも長い長い時が経っていたのだろうか。離れていく温もりに、切なさを覚えた。ひとつだったものを、裂かれるような感覚。

博雅はゆっくりと目を開ける。

徽子は微笑んでいた。

にっこりと幸せそうに微笑んでいる。幸せそうだというのに、なぜか胸の奥を刺し貫かれるような気がした。

たまらず博雅は徽子の体をかき抱く。

ぎゅうっと後ろに回した腕に力を込めた次の瞬間、わっと色とりどりの花びらが舞った。

腕の中の徽子が、音もなくその形をなくし、花びらになって宙を舞う。慌てて手を伸ばし、かき集めようとするが、花びらはくるくると旋回しながら、飛んでいく。博雅の手は花びらに触れることすらできない。

「徽子さま」

花びらを目で追いながら、博雅は大声で名を呼ぶ。目の前で花びらになって消えてしまったというのに、博雅はまだ信じられずにいる。まだ、唇にも、腕にも、彼女の温もりが残っている。どこに消えてしまったのだろう。自分はまた何かを間違えてしまったのだろうか。

「徽子さま」

花でいっぱいの部屋をうろうろと歩き回りながら、必死に彼女を呼ぶ。しかし、彼女の姿はない。部屋は花で満ちているのに、彼女の姿がないだけで、やけにがらんとして見える。

「博雅!」

不意に背後から呼ばれて振り返る。

晴明の声だと気づくのと、彼の姿が目に入るのがほぼ同時だった。

晴明が微かな風に吹かれてじっと立っている。気づけばそこは、先ほどまでいた花でいっぱいの部屋ではなかった。元いた山の中でもない。

博雅は開けた草原にいた。

晴明は博雅を一瞥《いちべつ》もせず、じっと一点を見つめている。

晴明の言葉に、博雅は咄嗟に晴明の視線を追う。そこには特に目を引くものは何もなかった。ただ重く雲が垂れこめた空の下、遠くに深い森が広がっている。

「何か来るぞ」

何が来るというのか。

半信半疑で目を凝らしていると、ざあっという音が遠くから聞こえてきた。風の音だ。風は大きな音を立てながら、背の高い草をなぎ倒し、津波のように迫ってくる。

塊のような風が直撃し、博雅は大きくよろける。

晴明は衣を風にはためかせながらも、微動だにせず立っていた。

ドンと腹の底が震えるような大きな音と共に、遠くの森で塊のような炎が上がった。もくもくと黒煙も立ち込め、まるで火山の噴火のようだ。

その火の塊の中から、不意に炎の渦が立ち上った。渦は高く高く伸びていく。激しく燃えながら、天に向かってうねるさまは、まるで龍のようだった。

いや、それは確かに龍だった。龍が鎌首をもたげ、こちらを見ている。

そんな光景を目の当たりにしても、博雅は魅入られたように動けずにいた。足がすくんでいる。

「博雅、逃げろ！」

頬を張るような晴明の鋭い声がする。途端に体は自由を取り戻していた。

博雅は火の龍に背を向け、走り出す。ちらりと横を見れば、晴明も珍しく余裕のない顔つきで、必死に走っていた。

博雅も懸命に足を動かす。

恐ろしくて振り返ることもできない。

しかし、背中にちりちりと熱を感じた。

火龍が迫っている。

二人は開けた草原を駆け抜け、正面の森へと逃げ込んだ。開けた場所よりは逃げ場があるように思ったのだが、火龍は恐ろしいほどの速さで器用に木の間を縫って、追ってくる。

「なんだ、あれは！　どうすればいいんだ！」

息を切らせながら、博雅が大声で問う。晴明は「うるさい！」と怒鳴り返した。

「今、考えているところだ。なんとか、ここから抜け出さないと」

「晴明、何とかしろ！　本当にここが無意識の世界なら、意識を操れるお前なら、何かやれるだろう」

「確かに……お前の言うとおりだ」

晴明の顔つきがすっと変わった。声ももうすっかり落ち着いている。

「え？」

「火の相克《そうこく》は水、巨大な水と繋がっているのは」

少し考えた後、晴明は「行くぞ」と声をかけた。

どこへ行くというのか、これ以上速くは走れないぞという抗議の声を、博雅は呑み込む。

晴明は全力で走りつつ、印を結び、呪を唱えている。

「天魂霊、地魂霊、上通天門、天清、地合」

博雅は祈るようにその様子を見つめる。いくら足を速めても、背中を焦がすようなちりちりとした熱はどんどん増していく。

不意に晴明が足を止めた。「開！」という気迫のこもった鋭い声と共に、手刀で何もない空間を斜めに切る。

博雅も思わず足を止めていた。すぐ後ろに迫る火龍のことも忘れ、声にならない声を上げながら、目の前の光景を見つめる。

晴明が手刀で切り付けたとおりに、空間が斜めに裂けていた。薄皮を一つめくったように、ぺろりと目の前の景色がはがれている。大きく広がった裂け目の奥には、まるで違う景色が広がっていた。こちらは昼間だというのに、向こうに見えるのは夜の闇だった。ぼんやりと長く延びる塀と大きな建物が見える。

「走れ！」

晴明が叫ぶ。振り返れば、火龍がもはや蛇行することもなく、木々をなぎ倒しながら、迫っている。

亀裂の奥に向かって駆けだした晴明の後に続いて、博雅も懸命に足を動かした。

必死に晴明の背中を追い続け、博雅は、亀裂を越えたという意識もなく、いつしか亀裂の奥に延びていた道を駆けていた。

晴明の向かう先を見て、博雅はようやくそこが陰陽寮に続く道だと気づく。

助かったと思ったのは一瞬だった。

後ろには変わらず火龍の姿があった。火龍もまた亀裂を越えて追ってきたのだ。

迷いなく陰陽寮の奥へと向かう晴明を追って、ひたすらに駆ける。

火龍はその大きさを増している。たった今くぐったばかりの門が砕《くだ》ける音を背中に聞き、嫌な汗が滲む。

それでも、晴明ならなんとかしてくれる。その一心で、博雅は晴明を追った。

陰陽寮の廊下を駆ける二人を、火龍は追ってくる。

まるで、誰かに命じられているかのように、一直線にただ二人を追ってくる。

陰陽寮に人の気配はなかった。

真夜中だからだろうか。生きている人の気配がなく、不気味に静まり返っている。

そんな空間に、二人の足音と廊下の柱や壁が派手に砕ける音が響く。

晴明は手を広げ、腰を低くし、滑るように進む。博雅は懸命に腕を振り、追いつこうとするがなかなか追いつけない。晴明に追いつくどころか、龍に追いつかれてしまいそうだ。

やがて目の前に大きな扉が見えた。

晴明が目指すのはこの先のようだ。

この扉の先に逃げ込めばいいのか。もう少しだと励ましながら、思うように動かない足を、無理やりに動かす。

（……シマレ……シマレ……）

遠く、微かに声が聞こえた気がした。

不意に、扉の中央に龍を象った大きな錠が現れた。龍のしっぽから頭まで、輪っかのような錠を炎がぐるりと一周し、小さなかちりという音を立てて消える。

先に扉にたどり着いた晴明が錠に手をかけた。開錠しようとするが、錠はぴくりとも動かない。何かの力で封じられていると見て取るや、晴明はすぐさま呪を唱え始める。

やっと追いついた博雅は背後を振り返る。火龍はもう目前に迫っていた。龍は横に立つ博雅には目もくれず、無防備な晴明の背中に向けて、まっすぐに突っ込んでくる。

そうか、火龍の目当ては最初から、晴明ただ一人だったのか。

こちらに向かってくる龍の顔がはっきりと見える。長く伸びる髭も。鋭い牙も。

「晴明！　晴明！」

博雅は叫びながら、咄嗟に龍の前に躍り出た。手を大きく広げて、晴明をかばう。燃える火の塊を体の正面で受ける。火は痛かった。熱いよりも痛い。火に、殴りつけられたようだった。

実際、龍の直撃を受け、体は大きく弾け飛んでいた。激しい衝撃で、固く閉まっていた扉がばんと大きく開く。

博雅は晴明と共に、扉の奥の部屋に投げ出される。

そこで博雅の意識はふつりと途絶えた。

激しい衝撃に、晴明は部屋の中ほどまで転がっていた。

叩きつけられた全身が、軋むように痛む。しかし、晴明はすぐさま跳ね起き、印を結んだ。

「神兵火急如律令」

衣は破れ、立烏帽子《たてえぼし》はどこかに吹き飛んでいる。ほどけた髪を振り乱しながら、宙に符を描き、一心不乱に呪を唱える様は、この世ならざるもののように見えた。

「行！」

扉に向かって、懐から札を飛ばす。

扉は火龍の顔の前で、音を立てて閉まった。その表面に「鬼」という符の文字が光となって浮かび上がり、刻まれる。封印完了だ。晴明は小さく息を吐く。

火龍は何度も体当たりを繰り返す。しかし、扉は大きく震えるものの、しっかりと閉ざされていた。

晴明が目指してきたこの場所は、漏刻の部屋だった。

部屋の中央には、湧き出る地下水を湛《たた》えた貯水池があり、その周囲には水時計が設置されている。そして、貯水池の上には無意識の世界であっても、やはり現実と同じく、巨大な渾天儀《こんてんぎ》が威容を誇っていた。

ぐるりと高い壁で囲われているが、星を見るため、漏刻部屋に屋根はなく、天井にあたる面は空いている。

火龍はまるでそのことを知っているかのように、上へと回り込む。しかし、その体は、光に弾かれた。天井のようにうっすらと光る美しい文様の膜が覆っている。光の膜がしっかりと火龍の侵入を防いでいることを確認すると、晴明はすぐさま博雅のもとに駆け寄った。

博雅は転がったまま動かずにいる。

「博雅！　博雅！」

抱き起こし、蒼白な顔に向かって何度も呼びかける。

博雅のまつ毛が震える。そして、ゆっくりと目を開けた。生きていたとほっとする間もなく、晴明は息を飲んだ。

博雅が自分の両の手をじっと見ている。その手は真っ黒に焦げていた。うっすらと煙が上がっている。ほとんど炭と化していて、今にも崩れてしまいそうに見えた。向かってくる火龍を前にして、咄嗟に両手を突き出したのだろう。手だけが黒く焼かれていた。

「手が……手が……」

ぴくりとも動かない、手の形をした黒い炭を見つめ、博雅は泣いた。

「もうおしまいだ。おしまいだ！　この手では……この手では楽を奏でることができない！」

泣き叫ぶ博雅を、晴明はぐっと強く抱いた。肩を揺すりながら、呼びかける。

「博雅、よく聞け！　お前は死なない。絶対に、俺が死なせはしない」

「そんなことはどうでもいい！」

博雅は信じられないほど強い力で晴明の腕を振り払った。

「楽器を奏でられないなら、死んだ方がましだ！」

小さく蹲《うずくま》り、博雅は泣きじゃくる。その慟哭《どうこく》にどんと胸を突かれた気がした。命よりも大事なものを失った男の絶望。その絶望の深さをむき出しにした姿に、ぞっとする。思いが増幅されるこの世界で、絶望はどこまで大きくなってしまうのだろう。

きっとこのままでは、絶望は博雅を取り込み、のみ込んでしまう。

「博雅、俺を信じろ！」

晴明は博雅を抱え起こし、無理やりに目を合わせた。

「俺を信じろ。俺を信じろ！　お前は絶対に、絶対に、また楽を奏でられる」

呪をかけるように、晴明は言葉を繰り返す。

「……人を信じていないお前など信じられない」

博雅は晴明の視線を避けるようにしながら、弱々しく押しのけようとする。その言葉は小さな棘《とげ》となって突き刺さったが、晴明は博雅の肩を押さえる手を緩めず、その視線を外そうとはしなかった。

「俺は、博雅の笛を信じる。俺はお前の笛の音を信じる」

自分でも驚くほどに嘘のない言葉だった。嘘のない言葉は、力を持って、相手に届き、相手を縛る。砕けそうな心をつなぎとめる。

濁った水のようだった博雅の目に、微かな光が戻った。

「お前を信じれば、俺はまた笛を吹けるのか？」

希望を持つのも怖いというように、何度も言葉を詰まらせながら、博雅が問う。

「ああ」

晴明はしっかりと目を合わせたまま、しっかりと頷いた。

「……絶対にか」

博雅の目に新たな涙が浮かぶ。しかし、それはそれまでのとめどなく流れる冷たい絶望の涙ではない。信じたいと願う心が流す、滲み出るような熱い涙だった。

「絶対にだ」

晴明はにやりと笑ってみせる。

「だから、俺を信じろ」

晴明はまっすぐに博雅の目を覗き込んだ。二人はしばらくの間、無言で見つめ合う。しばらくして、博雅は根負けしたとでもいうように、うっすら笑った。

「ああ、信じる」

荒い息を吐きながら、博雅は確かにそう口にした。

そして、少し気が緩んだ途端、忘れていた痛みが一気に戻って来たのか、体を丸めて、低く唸る。そして、そのまま、また気を失ってしまった。

晴明はぐにゃりと力を失った博雅の体を、そっと床に横たえる。目に入る黒い手が痛々しい。

晴明は顔を傾け、乱れた髪の隙間から、空を睨んだ。漏刻部屋の上空では、火の龍が何度も何度も体当たりを繰り返している。その度に、火花が上がり、部屋を覆う光の膜が軋んだ。

「お前ら、許さん」

呟く声は、地を這うように低い。

「俺が、消し去ってやる」

晴明は火龍を睨みつけながら、ゆっくりと立ち上がった。

火龍は光の膜の一点目掛けて、何度も体をぶつける。ぴしりと小さな音を立てて、膜に亀裂が入った。亀裂はどんどん大きくなり、とうとう玻璃が割れるような大きな音を立てて、光の膜が砕け落ちる。火龍は大きく開いた穴から、勢いよく侵入してきた。

火龍はまっすぐに渾天儀にぶつかる。陰陽寮の象徴ともいえる巨大な渾天儀は、いともたやすく砕け、下の水に落ちる前に跡形もなく燃え尽きた。

火龍の熱が肌をなぶる。しかし、晴明は貯水池を背にし、落ち着いて印を結んだ。

「東方青龍王君　各領三万六千　眷属逆治東方
南方赤龍王君　各領三万六千　眷属逆治南方

西方白龍王君　各領三万六千　眷属逆治西方
北方黒龍王君　各領三万六千　眷属逆治北方」

深く響く声で、呪を唱え印を結ぶ。

火龍は獲物を追い詰めるように、晴明のまわりをぐるぐると回っている。

（オレノモノダ）

火龍の体から声が聞こえた。不明瞭だが、兼茂の声に聞こえる。見れば、火龍の体から上がる炎が人の形をしていた。必死に何かを求めて藻掻《もが》くようなその顔は、確かに兼茂だった。

（オレノモノダ）

別の声がして、顔が一瞬にして変わる。次に現れたのは義忠の顔だ。

（オレノモノダ）

ひときわ大きな声がした。貞文の吠えるような声が部屋にわんわんと響く。激しく燃え上がる貞文の体が龍の体から生えるように突き出ている。貞文は晴明に向かって手を伸ばしながら、（ナニモカモ、オレノモノダ）と繰り返している。貞文たち以外にも、何人もの学生たちの声が聞こえる。いくつもの顔が、龍の体からにゅっと突き出ては、憑かれたように欲しい欲しい、よこせよこせと訴える。声や体はどんどん重なり合い、不明瞭になって、その輪郭をなくしていく。

この火龍はなれの果てか……。

学生たちとはほとんど親しくやり取りしたこともない。時折感じる、蔑《さげす》みと嫉妬が入り混じったどす黒い感情には辟易《へきえき》としていた。

しかし、おぞましい姿になり果てても、なおも渇きにさいなまれ続ける姿は何とも哀れだった。晴明の中の怒りが、またぶわっと膨れ上がる。彼らに対する怒りではない。彼らの欲を煽り、高みの見物を決め込んでいる奴らへの怒り。博雅から笛を奪おうとした奴らへの怒りだ。

怒りに囚われてはダメだ。それでは奴らの思うつぼだ。また黒い炎に、支配されてしまう。晴明は心を落ち着かせ、呪を唱え続ける。

貞文たちの怨嗟の声が四方八方から聞こえてくる。龍はぐるぐると水時計の周りをまわり続け、風を巻き起こし、火の粉をまき散らす。晴明の長く垂らした髪は風になびき、袖は音を立ててはためいた。

「中央黄龍王君　各領三万六千　眷属逆治中央

謹請　天神地神河伯神王　山城国を統べたもう八大龍王各将眷属」

晴明は呪を唱え切ると、火龍を見上げた。もうすっかりと火龍に取り込まれ、貞文たちの姿かたちは見えなくなっている。一回り大きくなったように見える火龍は、次には晴明をのみ込もうと大きく口を開け、まっすぐ突っ込んでくる。

(オレノモノダ、ダレニモワタサン!)

形をなくしても、血を吐くような貞文たちの絶叫は漏刻の部屋に木霊し、耳を聾《ろう》さんばかりに響く。

晴明は火龍を睨みつけながら、印を結んだ手を掲げ、厳《おごそ》かに呼びかけた。

「都《みやこ》の地下に眠る水龍よ」

火龍の大きな口が、熱風と共に迫る。

このままでは意識を失ったままの博雅を巻き込んでしまう。

もう少しで火龍の牙がその体を捉えようというところで、晴明は誘うようにふわりと後ろに跳んだ。つられたように火龍がその進路を変える。しかし、勢いを殺すこともできず、火龍はそのまま博雅の体の上を通り抜けていく。

晴明はまっすぐに、常人ではありえない程の高さまで飛び上がり、今度は逆に火龍を冴え冴えとした目で見下ろした。

目標を見失った火龍は、その大きな体をうねらせている。

「安倍益材《あべのますき》の子、安倍晴明が命ず」

黒々とした水をたたえる貯水池の真ん中、渾天儀が跡形もなく吹き飛んだ場所には、半ば水に沈んだ八角形の台が残されている。晴明はその台の中央にゆっくりと降り立った。

大きな水しぶきがあがり、晴明を中心に波紋が幾重にも広がる。

「この呪の元を絶ちたまえ！」

声と共に晴明は右手を水面にたたきつける。次の瞬間、八角形の台の中に、五芒星《ごぼうせい》がくっきりと浮かび上がる。

晴明は静かに耳を澄ませる。水がうねる音がする。晴明の声に応え、地下深くから、その姿を現そうとしつつある、とてつもない力の奔流。

晴明の周りを分厚い壁が取り囲む。

それは激しく渦巻く巨大な水の壁だった。水はそのまま唸り声を上げながら駆け上り、のたうつ火龍を直撃する。火龍は水の勢いに押しつぶされるように、断末魔《だんまつま》の叫びをあげる間もなく、一瞬にして霧散した。

水はそのまま何事もなかったかのように、天に向かってぐんぐんと登り続けていく。

そのうねりはいつしか、巨大な龍となっていた。

夜空を水龍は悠々と泳ぐ。そして、迷いなく南に向かって飛び去っていった。

八角形の台の上に立ち、晴明は龍が泳ぐ様を見上げていた。

髪も衣も濡れそぼち、体が重く感じるほどだ。

晴明はその重い体から、ふっと意識だけを水龍へと飛ばした。

晴明は水龍と共に南に向かう。向かう先にあったのは、巨椋池だった。

巨椋池の中の小島に設置された舞台。その上で、一心不乱に舞っている男がいる。男はふと動きを止めた。水龍の唸り声がその耳に届いたのだろう。顔を覆っていた面を乱暴に剝ぎ取り、空を見上げる。

露《あらわ》になった男の顔を、水龍を通して、晴明はしかと見る。

目をこぼれるほどに見開き、愕然《がくぜん》とした表情で、立ち尽くしている男。それは確かに天文博士・是邦だった。

「なんと、まさか！　現実世界でこんなことが……！」

その言葉に、晴明はやはりそうかと確信を深める。この男が学生たちに呪をかけたのだ。学生たちをまるで燃料のように燃やし、この巨椋池の地に眠る火の力まで利用し、火龍を操り、博雅の手を焼いた。

是邦は現実世界という安全な場所から、晴明たちを弄《もてあそ》ぶのを愉しんでいたのだ。

自分が絶対的優位にあると信じて疑っていなかった。

現実など、ひどく不確かなもので、こうして簡単に潜在意識と繫がってしまうことも知らず。

陰陽寮一の男ぶりを自負し、鼻にかけていた男の顔が醜く歪む様を、晴明は冷徹な目で見据える。

水龍は大きく口を開け、まっすぐ是邦に向かっていった。

そして、舞台の設置された小さな島ごと是邦をひと呑みする。巨椋池に、轟音《ごうおん》と共に巨大な水柱が上がった。

水龍はそのまま湖の中に消えた。

千里ほど離れた距離からでも見えるほどの水柱は、派手なしぶきをまき散らしながら、砕け、大きな波を広げる。しかし、激しい水の動きはすぐにおさまり、池は何事もなかったかのように鏡のような水面を取り戻した。

水が引いた後の小さな島に残されたのは、水に濡れた舞台と、祭壇の残骸、そして、全身濡れそぼち、不自然な体勢で倒れている男。

いつも完璧に整えられていた髪は、まるで出鱈目に引っ張りまわされたように乱れている。首はぽきりと折れ、男の目は開いていたが、光はなく、何も映していない。

男は、事切れていた。


「博雅さま、元の世界に戻りましたよ」

優しい声がした。そっと肩をさする優しい手も感じる。

「博雅さま」

名を呼ぶ声は、確かに徽子女王の声だ。博雅はゆっくりと目を開けた。どうやら、自分は徽子の腕の中にいるようだった。一体なぜ自分はこうしているのか。記憶が混濁している。

そうだ、自分は火龍に焼かれて……。

直前の記憶が少し戻ったところで、博雅は背後の徽子のことも忘れ、慌てて両の手を掲げ、まじまじと見つめた。

手は白くつるりとしている。見慣れた自分の手だった。ずっと楽を奏でてきた手。

博雅は左右の手を交互に触りながら、その無事を確かめる。

体の奥底から深い安堵の息が漏れた。

やっと辺りをうかがう余裕が生まれ、博雅は視線を巡らせる。そこはよく知る徽子の部屋だった。

「晴明は？」

「わたくしたちがここにいるということは、晴明も無事のはず」

答える徽子の声は落ち着いていた。

鐘が鳴った瞬間、つまり暗示にかかった瞬間、博雅と徽子はこの部屋にいた。二人そろってこの部屋に戻ってこられたということは、一度に暗示が解けた可能性が高いだろう。

徽子の言う通り、晴明は晴明で暗示にかかった場所――陰陽寮に戻っているはずだ。

「助かったのか」

呆然と博雅が呟く。徽子は「はい」とはっきりと答えた。

絶対にまた笛を吹けるという、晴明の言葉を信じ、博雅は現実の世界に戻ってくることができた。もし、あの時、晴明を信じることができなかったら。もし信じるという言葉が口先だけのものだったら、きっとここにこうしていられなかっただろうと、博雅は思う。かろうじて命はあったとしても、きっと手は黒く焼かれたままだっただろう。

迫りくる火龍の姿を思い出し、博雅は改めて肝を冷やす。まるで悪夢のような光景だった。体を焼かれる熱さも、痛みも、絶望も、あまりに生々しく体に残っている。あれは現実ではないが、博雅にとって確かにあったことだった。

晴明の説明を聞いてもなお、博雅はまだ潜在意識と現実世界の関係が完全には呑み込めずにいる。そんな博雅と違って、徽子は自分の力でこの不可解な状況を理解したようだった。伊勢で長く斎宮として神に仕えた経験があるからこそだろうか。そういえば、巫女《みこ》としての力が抜きんでていると評判の斎宮だったと聞く。

そんな徽子もまた、あの部屋でひとり寂しさに囚われたままだったとしたら、こうして戻ることはできなかったのだろうか。

「……徽子さま」

博雅は思わず首を巡らせて、徽子を振り返る。徽子は博雅の視線に、にっこりと笑った。

以前のどこか老成した雰囲気の笑顔とは違う、思わず釣り込まれてしまいそうな自然な笑顔だった。

笑顔は柔らかいのに、今の徽子にはどこか近寄りがたい超然とした雰囲気があった。そうだ。もう彼女は自分などが傍に寄っていいお方ではない……。

博雅ははっとして、慌てて、中腰で後ずさり、距離を取る。そして、居住まいを正すと徽子に向かって頭を下げた。

「失礼しました」

二人の視線が交わった。

徽子は黙っていた。博雅はじっと徽子の言葉を待つ。

長い沈黙の後、徽子もまた居住まいを正した。

「博雅さま。あなたと私は見えない所で、いつでも繋がっているのです。あの不思議な場所で、そのことを知りました」

微笑みながら、徽子が告げる言葉に、博雅は胸を熱くする。うまく伝えられなかったけれど、それでも自分の気持ちが少しは伝わっていたのだと、うれしかった。

しかし、同時に拭い難い、切なさがあった。

自分が言い出したことなのに、心のぶれを感じさせない、ゆったりと落ち着いた徽子の口調に、どこか傷ついている。

突き放しておいて勝手なものだ、と博雅はこっそりと苦く笑う。

「博雅さま、わたくしは帝のもとへ参ります」

徽子は毅然とした口調で告げた。そこに迷いはない。

徽子はゆったりとした微笑みを浮かべる。神々しいほどの美しい笑み。しかし、ずっと長年彼女を見続けてきた博雅の目は、その瞳の奥の揺れを見て取った。

心のぶれがないわけなどないのだ。

心は不安と孤独に揺れる。誰だってそうだ。まるで動かぬ人などいない。しかし、彼女は博雅の言葉を信じ、その言葉を大切に抱えようとしてくれた。そして、決断したのだ。押し付けられた運命を、自分の運命として積極的にしっかりと受け止める決意をした。

しゃんと背筋を伸ばして微笑む彼女には、既に妃の風格がある。

そんな彼女を博雅は誇りに思った。

自分がずっと慈しんできた少女は、なんと魅力的な女性になったことか。

博雅はこみあげてきた涙を必死に堪える。喉がつかえて息が苦しい。博雅は何度も唾を飲み、なんとか笑顔を作る。そしてゆっくりと頷いた。

徽子もまた目を潤ませながら、にっこりと笑い頷き返す。

言葉はなくとも、いや、言葉がないからこそ、今この時、繋がっているのだと思えた。

相手もまた確かにそう思っていると。

博雅は深々と徽子に向かって頭を下げた。

「徽子さま……おめでとうございます……」

下を向いた途端、溜まっていた涙が一滴零れ落ちる。

もう、直接対面することはかなわないと思っていたが、こうして、最後に現実の世界でも時間を共にすることができた。心を通わすことができた。

自分は幸せ者だ。

博雅はまたこっそりと涙をこぼし、微笑んだ。

13

必死に息を吸い込んだ途端、喉が野分《のわき》のような音を立てた。吸い込んだ息にむせ、晴明は体を折りながら、激しくせき込む。

しばらく呼吸を忘れていたようだ。吸っても吸っても空気が足りず、ひどく頭がぼんやりとする。

戻って来たのか……。

荒い息を繰り返しながら、あたりを見回す。まず目に入ったのは、床に横たわる貞文の姿だった。外傷などは見当たらないが、その顔からはまるで生気を感じなかった。確かめるまでもない。息がないのは明らかだった。

見れば、床には学生たちが折り重なるようにして倒れていた。兼茂の姿もある。義忠の姿もある。皆、魂を抜かれたかのように転がっていた。

いや、本当に魂を抜かれてしまったのだろう。あの世界に魂を取り込まれてしまったのだ。

そこは、教室だった。定刻を告げる鐘をきいた場所。固く自分を拘束している縄も、息苦しいほどの香の匂いも、あの瞬間のままだ。

しかし目の前の光景はまるで違っていた。

晴明を取り巻き、糾弾していた学生たちが皆、物言わぬ死体となって転がっている。

先頭に立って晴明を裁こうとした是邦の姿はそこになかった。巨椋池で最期を迎えたあの男は、やはり現実世界の是邦だったのだ。

晴明はゆらりと立ち上がる。拘束していた縄は少し力をこめると、はらりと落ちた。

晴明は改めて教室を見渡す。そこは戦場のようだった。しかし、学生たちの表情に苦悶の色はなく、ただふつりと人生を中断させられただけのような顔をしている。それが一層哀れだった。

荒い息を吐きながら、一人一人の様子を探る。しかし、息のある者はひとりとしていなかった。

許せない。許せるわけがない。

晴明は教室を出て、廊下を足早に歩き出す。向かう先は決まっている。目指す相手はきっとそこにいる。

険しい表情で足をはやめる晴明は、足をもつれさせながら慌ただしく駆ける陰陽師たちと何人もすれ違った。

異変に気づいた誰かが助けを呼びにいったのだろう、大変だ、学生が、などと口々に叫びながら、慌てて奥の教室に向かう。

晴明はにわかに騒がしくなっていく教室を背に、書庫へと向かった。

晴明は両開きの扉を乱暴に押した。大きな音を立てて、扉が開く。

書庫の中はしんと静まり返っている。誰かいるとは思えないほどの静けさだった。

晴明はこつこつと沓音《くつおと》を鳴らして、奥へと進む。

「……ようやく失っていた記憶を取り戻しました」

晴明は姿の見えない相手に向かって語り掛ける。

「あなただったんですね。私の両親を殺したのは」

応える声はない。しかし、晴明は構わずに続けた。

「そして、天文博士・是邦と組んで、学生に呪をかけたのは」

書庫には数多くの棚が並んでいる。身を隠す場所は無数にある。どこに潜んでいてもおかしくない。

しかし、晴明は書庫に足を踏み入れた時から、気づいていた。書庫の一番奥で、こちらをうかがう男の気配に。その気配を晴明はよく知っていた。繰り返し、夢で見た男の気配。両親を殺した男の気配だ。

「陰陽頭」

晴明は書庫の右隅、棚の裏にある中二階へと続く、短い階段を睨みつけながら、糾弾する。

このまま姿を隠し続けるかもしれないと思ったが、すぐに重々しい沓音と共に、男がゆっくりと階段を下りてきた。

口をへの字に結び、傲然とした表情を向ける、浅緋の衣をまとった男。

それは確かに、この陰陽寮の頂点に立つ男、陰陽頭・藤原義輔だった。

必ずここにいると思っていた。この部屋で待ち構えているだろうと。普段から書庫に入り浸っている自分を確実に殺すために。

「なぜですか」

「話すと思うか」

真っ向からの問いに、陰陽頭は誤魔化すこともせず、太々しく笑う。晴明は眉ひとつ動かさず、「思います」と言い切った。

「人は成功であれ、失敗であれ、自分の成果を他人に語りたいものです」

「貞文がお前に語ったことと同じだ。貞文は四十五。私は七十。その違いだけだ」

陰陽頭はさもおかし気に笑った。少し芝居がかったわざとらしい笑い声。そして、彼は自分の成果を滔々《とうとう》と語りだした。


きっかけは帝の一言だった。

ある日、陰陽頭は大臣を通し内裏に呼び出された。ついにこの時が来た、と興奮に震えた。ついに、蔵人所陰陽師、いわゆる帝専属の陰陽師の地位に手が届くのだと。

陰陽頭は長い歳月をかけ、蔵人所陰陽師に自分を推薦するよう、大臣に働きかけてきた。大臣は損得に敏い男だ。こういう男は扱いやすい。陰陽頭は賄賂《わいろ》をおくり、言われるままに便宜を図った。大臣が政敵に悩んでいた時は、何度もこっそり毒を渡した。

そうした苦労が実り、ついに帝に対し、自分を推挙してくれる時が訪れたのだ。

陰陽頭は当然のように、拝謁を許されず、庭の玉砂利の上に座らされた。御簾が下りているため、正面を向くことは許されたものの、帝までの距離はあまりに遠い。しかし、これもうしばらくの辛抱だと思えば、耐えることができた。

その日、大臣は帝の囲碁の相手として呼ばれていた。囲碁を打ちながら、さりげない調子で大臣は切り出した。

「即位なされてから早二年……そろそろ専属の陰陽師をご指名なされては、いかがでしょうか」

陰陽頭は必死に耳を澄ませたが、帝の返事は聞こえなかった。

「お心にどなたもいらっしゃらないのでしたら、この陰陽頭が相応《ふさわ》しいかと」

対価としてはまだまだ足りないが、少しは役に立つではないか。陰陽頭は内心、犬にでもかけるような言葉で、大臣を褒める。

「陰陽頭」

帝から直接声がかかった。

「はい。私のような者でよければ、誠心誠意、主上のためにお仕え申し上げたいと存じます」

ついに機会がめぐってきた。陰陽頭は不遜な笑みを隠すように深々と頭を下げる。

「安倍晴明を知っているか」

碁石をつまみながら、帝は興味深げに尋ねた。まるで陰陽頭の言葉など一言もその耳には届かなかったかのようだった。

「徽子の屋敷で怪異を鎮めたそうだ」

陰陽頭は伏せたままの顔を、怒りと屈辱に歪める。

陰陽頭は占いを得意としていた。資料を分析し、数字を積み重ねていけば、雨が降る時期などよく当たった。彼はまた、依頼者の見たいものを見せ、聞きたい声を聞かせるのも得意だった。相手の顔色をうかがいながら、占いの解釈を変える。嘘をついているわけではない、少し角度を変えた表現にしているだけだ。

陰陽頭の占いはたいそう評判が良かった。貴族たちはこぞって陰陽頭に占いを依頼した。

占いは学問だ。研究は引き継がれ、日々進化し続けている。陰陽頭は自分の知識と技術に誇りを持っていた。

たまには居もしない「鬼」を払ってみせることだってあった。しかし、それは依頼人の気持ちのためだ。いい占い結果を伝えるのと同じ。暗示をかけ、心を操り、軽くしてやる。これも陰陽師の仕事だ。そう思って占い以外の仕事も受けてきた。

怪異など、ありはしない。あるのは、怪異を恐れる人の心だけだ。

だというのに、帝が評価するのは晴明だ。

これまで役に立ってきた占いよりも、怪異を鎮める不思議な力を帝は御所望なのだ。

晴明が表舞台に立つことがないよう、神経質に気を配り、どんな小さな芽も摘むようにしてきた。本人のやる気のない言動も幸いし、晴明は日の当たらない場所でくすぶり続けるはずだった。

しかし、気づけば、晴明は帝の目に留まり、強く興味を示されている。

占いの通りだというのか……。

陰陽頭は砕けんばかりに奥歯を嚙みしめる。

仕方がない。帝が晴明の力をお望みだというのならば、簡単なことだ。晴明の力を、自分のものにしてしまえばいい。

内裏の庭で、ひたすらに平伏しながら、陰陽頭は綿密な計画を練り上げたのだった。

自分が計画のきっかけだったと聞かされても、晴明は顔色一つ変えなかった。とっくに気づいていたかのような顔で、こちらを見ている。

しょせんハッタリだ。

陰陽頭は波立つ心を、必死に宥《なだ》めた。

「天文博士の是邦も協力者ですよね？」

「是邦を仲間に入れるのはたやすかった」

晴明に問われ、陰陽頭はあっさりと認めた。今更、否定することに意味はない。それに、結局、晴明は手に入れた情報をどうすることもできないのだ。聞きたいだけ聞かせてやろう。

是邦は次の陰陽頭の地位をちらつかせるだけで、簡単に協力者となることを受け入れた。是邦もまた焦っていたのだろう。他の博士を差し置いて陰陽頭になれると、嬉々《きき》として手を貸してくれた。

泰家に毒を飲ませたのも是邦だ。

陰陽頭が用意し、手渡した毒は蠱毒だ。毒蜂が最後まで生き残ることで作られたその蠱毒は、喉を焼き、激しい渇きを引き起こす毒だった。

是邦は泰家の屋敷に忍び込み、厨房《ちゅうぼう》に用意されていた酒に毒を入れた。

泰家は何も知らず、その酒を呷《あお》り、喉を毒に焼かれ、たまらず井戸へと向かった。そして、待ち構えていた是邦は、その無防備な背中をどんと押し、井戸に落としたのだ。

そして、泰家は呪によって殺されたと思わせるよう、用意しておいた木簡を泰家の屋敷の敷地に埋めた。

「木簡の文字はお前の字を真似た」

わざわざ晴明を陥れてやったのだと、はっきりと言葉にしたが、晴明は表情を変えることもなく、ただまっすぐに陰陽頭を見つめている。

怒りに顔を歪めでもすれば、まだかわいげがあるものを。

すべてを見通しているとでも言いたげな視線にいらいらとする。

陰陽頭は晴明の視線を避けるように、書庫をゆっくりと歩き回りながら続けた。

「そして、学生には前もって暗示をかけておいた」

授業の際、陰陽頭は兼茂の腕に木の枝を押し当て、焼けた火箸だと暗示をかけた。学生たちは皆、暗示にかかり、兼茂の腕が醜く焼け焦げるのを見た。

そして、陰陽頭は兼茂の腕に押し当てたものは、単なる木の枝だと種明かしをした。暗示を解いたのだ。学生たちはほっと胸を撫でおろし、一様に緊張を解いた。

その時だった。

「兼茂は、焼けた火箸と思い込み、肉体に変化を起こした。これを暗示、または催眠術ともいう」

陰陽頭は解説の後、短い新たな暗示を挟み込んだ。

「他にもこのように集団に暗示をかけることもできる」

そう言って強い香を嗅がせながら、定刻の鐘の音を耳にした瞬間、催眠状態に入るよう暗示をかけたのだ。

用心のためこの暗示のことは、潜在意識だけに残るようにした。

教室には強い香が充満している。気持ちを緩めていた学生たちは、面白いように暗示にかかった。

「何故、徽子女王まで巻き込んだのです」

晴明が尋ねる。陰陽頭は小さくため息をついた。

「お前は、他の学生たちと違って、私の暗示にはかからぬだろう？」

陰陽頭は機会あるごとに、学生たちに暗示を重ねがけした。晴明にも同じ暗示をかけたいところだが、ほとんど授業に姿を現さない。晴明に暗示をかけられる機会は、限られていた。

それでも気づかれないように用心しながら、晴明にも学生たちと同じ暗示を施した。しかし、晴明の力のせいなのか、どうしても深くかからない。何かの拍子にすぐ解けてしまう。

これでは意味がなかった。

「その代わりに徽子女王の巫女としての力を使った。お前をより深い意識の中へと、導くのにいい触媒になると思ったからだ」

陰陽頭は徽子の女房のひとりに近づいた。そして、その地位を利用し、信用を得ると、荷葉《かよう》の刻み香だと偽り、催眠効果のある香を手渡した。

女房は疑うことなく、徽子の部屋で陰陽頭に渡された香を焚いた。

これで、舞台はほぼ整った。しかし、あと一押しが必要だと考えた陰陽頭は、躊躇なく帝までをも利用した。

「占いによりますと、博雅さまに文を託すのが吉だと出ております」

御簾越しの謁見が許された機会に、陰陽頭は偽りの占い結果を堂々と帝に告げた。

占いにとって何より大事なのは情報収集だ。徽子や博雅、晴明の関係は全て把握していた。本人たち以上に何をどうすれば、どう動くかがわかっていた。

だから、陰陽頭は徽子が大きく心の均衡を崩すように、帝まで使って誘導したのだ。

「お前は徽子女王を捜してそこに行くだろう」

心を乱した徽子は姿を消し、彼女を捜すために博雅は晴明に助けを求め、晴明はそれに応えた。三人それぞれが思い描いたとおりに動いてくれたのだ。

香の力を借りて、時折、無意識の世界をのぞきながら、陰陽頭は笑いが止まらなかった。

今思い出しても、笑いが込み上げてくる。陰陽頭が用意した選択肢を、まるで自分自身で考えたかのように選び取る姿のなんと滑稽だったことか。

「いわば、水先案内人だな」

晴明はひたと鋭い目を向ける。そして、静かに告げた。

「あなたは陰陽寮の学生全員で蠱毒をさせたかったのではないですか？」

無意識の世界に放り込まれてから、ずっと争いをけしかけ、心の奥の憎悪を暴き立て、無理やりに増幅しようという意志のようなものを感じていた。

争いの末、火龍になってしまった貞文たちの思いを感じながら、晴明はこの舞台を整え、学生たちを放り込んだ奴らの思惑に気づき、愕然とした。

毒虫を共食いさせる蠱毒。それを人間同士、友人同士でさせようというおぞましい計画のため、利用されたのだと。

「そうだ。晴明、その通りだ」

どこか嬉々とした口調で、陰陽頭はあっさりと認めた。

泰家が毒を飲まされた後、井戸に突き落とされたことがずっと不可解だった。殺すだけなら、死に至る毒を用意すれば済むことだ。しかし、やっとわかった。きっと陰陽頭にとって、井戸に落とすということこそが必要な儀式だったのだ。結界に囲まれた、京の都という巨大な壺に、最初の毒虫を放り入れるという象徴的な儀式。

なんと独りよがりで、醜悪な計画だろう。

しかし、未だにその計画の目的がわからない。

「無意識という壺の中で、皆を戦わせ、最後に生き残るであろうお前の力を私のものにしたかったのだ」

陰陽頭は目的についても、自分からあっさりと語りだした。

人としての晴明を無視し、ただその内の力だけを見るような、じとっとしたへばりつく視線に、怖気が走る。

嘘はついていないようだが、まるで意味がわからない。

どうやって、人の力を自分のものにするというのだろう。

そんな方法などあるはずがない。しかし、陰陽頭の表情は確信に満ちていた。少なくとも、この男は自分にはその方法があると、固く信じているのだ。

「毎年、私は陰陽寮の全員を占う。私の脅威となる者を潰すためだ」

やはり成果をひけらかしたいという衝動は、どうしようもないものなのだろう。陰陽頭は何も聞かずとも、ぺらぺらと話し出す。

「私の両親を殺したのも、占いの結果ですか？」

晴明は怒りを堪えた低い声で問う。

繰り返し夢に見続けた、両親を殺した男。

無意識の世界の中で、過去の記憶に迷い込んだ晴明は、博雅の笛の助けを借りて、とうとう男の顔をその目で見たのだった。

ずっと真っ暗な影のようだった男。

ひたすらに視線を注ぐうちに、真っ暗な中から、徐々に男の顔が浮かび上がってくる。

ぬるりと暗闇の中から浮かび上がった顔。

それは、確かに陰陽頭の顔だった。

「そうだ。お前の父親も才能のある陰陽師で……邪魔だった」

陰陽頭とはそれなりに長い付き合いとなる。父親と三人で一緒に過ごしたこともある。

しかし、忠行に感じた、ある程度の信頼さえも、陰陽頭には抱けなかった。

信頼するには、余りにも陰陽頭の目は、温かみというものが感じられなかった。その視線にさらされる度に値踏みされているような気になった。

それでも、陰陽頭が両親を殺したとまでは思わなかった。陰陽頭は占いの才を認められ、既に陰陽寮で一番上の地位にいるのだ。人の命を奪って手に入るものと、罪が発覚して失うもののつり合いが取れないのではないかと、単純に考えていた。

まさか、邪魔だからというだけで、排除しようと考える人間だったとは……。

陰陽頭は両親以外にも、そして、今回、蠱毒に利用した学生たち以外にも、占いをもとに多くの人の命を奪い、排除してきたのだろう。

「私の占いの腕は大したものだろう」

陰陽頭は胸を張った。晴明は呆れを隠さず、冷静に指摘する。

「あなたの腕がよければ、この結末も読めていたはず」

協力者である是邦が水龍にのまれ、蠱毒の壺から晴明たちが生還し、己の犯した罪が詳《つまび》らかになる。そんな結末をわかったうえで、この男は計画を実行したのだ。

「そう。お前は私を滅ぼし、後に帝の陰陽師となる。だが、所詮は占い。信じ切ってはおろか者と同じ。結果はいくらでも変えられる」

自分が将来、帝の陰陽師になると言われても、何とも思わなかった。陰陽寮の人間であれば、誰もが血眼《ちまなこ》になり、手に入れたいと願う地位なのだろう。しかし、晴明にはそんなにいいものだとは思えなかった。相手は決して逆らえない人物だ。あれやこれやと無理難題を言いつけられ、書を読む時間もろくに取れず、骨が折れそうだ。

しかし、そんなことを晴明は口にはしなかった。

自分がひたすらに追い求めて来たものを、欲しがらない人がいるなど、この男はきっと想像もできない。

陰陽頭は手を大きく広げ、何も持っていないことを見せつけるようにしながら、ゆっくりと近づいてくる。晴明はただ醒めた目を向け、じっとしていた。

「まだ負けていない。まだ機会はある。私が……私が帝の陰陽師となる機会が……それは……」

陰陽頭は抱擁できるほどの距離まで近づくと、芝居がかった仕草で天を仰ぐ。そして次の瞬間、「今だ！」と叫び、袖に隠し持っていた短刀で、晴明の腹を一息に突き刺した。

陰陽頭は勝ち誇ったようににやりと笑う。

これまで殺そうと思ったことは何度もあった。親を殺した男の顔を思い出せないと言っているが、いつ思い出すかわからない。口をふさぐべきだと考えた。

しかし、晴明の秘めた力は幼い頃から、抜きんでていた。だから、惜しくなったのだ。

もっと強くなった時、自分のものにしたいと、そう思ってしまった。

だから、記憶が戻らぬことを確認しながら、目の届くところに置いて、その時を待った。

たっぷりとため込んだ力を、そっくりそのまま手に入れるその機会を。

力を奪うのは簡単だ。殺せばいいのだ。これまで邪魔な人間を消すたびに、ひとつまたひとつと地位が上がっていった。消した人間の人脈や知識、集めた書や道具、陰陽頭はそれらをすべて手に入れ、自分のものにしていった。

蠱毒の知識もまた、そうやって手に入れた。

そして、その魅力にすっかりとりつかれてしまったのだ。陰陽頭は秘密裏に毒虫を集め、幾度となく蠱毒を作った。毒虫たちが狭い壺の中で、必死になって生き延びようとする様にかつてない興奮を覚えた。

最後まで生き延びた毒虫も、結局は自分の手にかかって、殺され、最強の毒となる。

そうして自分はさらなる力を手に入れるのだ。蠱毒を利用して、邪魔な人間を屠《ほふ》る度に陰陽頭は万能感を覚えた。

自分が神に等しい力を手に入れつつあると思えた。

だからこそ、自分を選ぼうとしない帝には心底がっかりした。

何もわかっていないのだ。だから、自分が導いてやらなければならない。そのためにも、まずは帝が望む晴明の力を自分のものにする必要がある。

無意識の壺から逃げ出した毒虫を、自分の手で殺し、その呪力を自分のものにするのだ。

一度の失敗がなんだ。最後に笑うのは私だ。

油断していたところを、一気に奪ってやった。

にやにやと笑いながら、晴明の顔に絶望が浮かぶのを待つ。

しかし、晴明は腹を刺されているというのに、微動だにしなかった。眉ひとつ動かすことなく、じっと陰陽頭を見つめている。陰陽頭の顔からゆっくりと笑みが消えていく。

陰陽頭は腹に突き立てた短刀に目をやった。思わずはっと息を飲む。短刀は深々と刺さっているというのに、腹からは一滴の血も流れてはいなかった。

不意に陰陽頭の目の前で、晴明は砂のように一瞬で崩れた。粉々になった晴明の粒子はさあっと陰陽頭が手にした短刀に集まり、形を作る。それは簡素な人形だった。晴明の母が最期に握りしめていた人形。気づけば、短刀はその人形を刺し貫いていた。

陰陽頭は初めて怯《おび》えるような表情を浮かべ、じり、じりと後ずさった。

短刀を持つ手が震えていた。

いつの間にか催眠術にかけられたのではないか、と疑うように視線をさまよわせる。

「覚えてますか」

背後から聞こえた晴明の声に、陰陽頭は慌てて振り返った。先ほどまで確かに正面にいた晴明が、後ろに立っている。

「あなたが私の両親と共に埋めた人形です」

抑揚のない声で、晴明は告げる。陰陽頭は動揺を露にし、人形を貫いたままの短刀を振りかざした。

「そんなもの……とうに朽ちておるわ」

「意識の世界から持ち帰ったものです。意識を物質化する。これが呪術の神髄《しんずい》」

「……そんなこと……人にできるはずがない」

「できますよ。少なくとも私は」

晴明は呪を唱えることもなく、弾指《だんし》を人形へ放った。たちまち人形はさらさらとその形をなくす。陰陽頭の手の中に残ったのは、短刀だけだ。

晴明は左手をさっと構える。人形だった細かい粒子はさあっとその手に集まり、たちまちまた形を作る。瞬きするほどの一瞬の間に、陰陽頭の手元にあった人形は、晴明の手の中に移っていた。
「誰にも内緒ですけど」
晴明はそう淡々と告げた。表情にも声にも、一切の人らしい温もりがない。
怒りをあらわにしているわけでもない。ただ静かに自分を見つめる目に、陰陽頭は思わず震えた。確かに、恐怖を感じていた。長いこと力をふるう側にいた自分が、縮み上がるほどの恐怖を感じている。
晴明は左手をきつく握りしめた。人形はまたさらさらと崩れる。
その瞬間、陰陽頭はぶわっと吹き上がるほどの冷たい怒りを晴明から感じた。表情は何一つ変わらない。不気味なほどに同じままだ。
しかし、確かに晴明から、震えあがるほどの冷たい怒りを感じるのだった。もはや陰陽頭はガタガタと震えていた。
「謹請　東方大青宮府君
謹請　南方朱紫宮府君
謹請　西方太白宮府君
謹請　北方黒大玄宮府君
謹請　五方五斗四維四斗中央九宮九府九斗」
晴明は呪を唱え、七つの印を結んでいく。晴明の口からこぼれ出る呪の一言一言が、光を帯びた文字となって、宙を舞う。その光景に呆然としていた陰陽頭は、突然足を取られ、どうと倒れた。足がぎりぎりと締め付けられている。見れば、両足は床から伸びる木の枝にきつくからめとられていた。床が大きく割れ、そこから這い出るように節くれだった木の枝が伸びている。

枝は起き上がれずにいる陰陽頭の腰に巻き付き、肩に絡みつく。陰陽頭はほとんど身動きが取れなくなった。締め付ける力はどんどん強くなる。このまま押しつぶされそうな恐怖を感じ、必死に身をよじるが、枝による拘束は強まるばかりだ。

「野見宿禰《のみのすくね》の直系にして菅原是善《すがわらのこれよし》の息子、菅原道真」

晴明ははっきりとその名を口にした。窓の光を背にした晴明は、怖気を感じるほどに神々しく見える。

陰陽頭ははっと息を飲み、唯一少しだけ動く右手を晴明に伸ばし、必死に叫んだ。

「まさか！」

太い枝が右手をも封じた。枝はそのまま陰陽頭の首を圧迫する。

息が苦しかった。ぼんやりと霞む意識の中で、陰陽頭は自分を締め付けるこの木が梅の木であることに気づく。

そうか、飛梅……。

梅の木はますます分厚く、陰陽頭を覆っていく。

晴明が唱える呪の言葉はぐるぐると旋回している。言葉の輪は幾重にも重なり、まるで渾天儀のようだった。

「呼ぶのか、道真公を！」

光が差していた書庫の窓が急に暗く陰る。

どこからともなく風が吹き込み、ふっと一斉に蠟燭の火が消える。たちまち辺りは薄暗くなった。

「陰陽頭であるあなたに最大級の礼を尽くして。あなたにふさわしい、怨霊だと思いませんか」

「ありえない。絶対に不可能だ」

陰陽頭は必死に吠える。

外からはゴロゴロと不穏な音が聞こえてきた。

陰陽頭はその音にぞっとした。

この男は本当に道真公の怨霊を、いかずちを呼ぼうというのか。

枝がますます強く体を締め付ける。骨がきしみ、息もできない。

暗示だと思おうとしても、木の枝の痛いほどに固い感触は消えることがない。

梅の枝は晴明の呪に応えるように、陰陽頭の体を強く拘束したまま、持ち上げた。

陰陽頭は自分が梅の木と同化しつつあることに気づいた。いや、梅の木に侵食されているのか。体は幹にすっぽりと呑まれ、足の先は感覚がない。顔もほぼ半分が枝に覆われ、もう左目はほとんど見えなくなっていた。

激しい雷鳴が轟く。晴明の唱えた呪の言葉は、一つも消えることなく、梅の木を中心にいくつもの輪をつくり、残像を残すほどの速さでぐるぐると回る。

「安倍益材の子、安倍晴明が命ず」

晴明は冴え冴えとした表情で、陰陽頭を見つめる。

そして、印を結び、冷たく言い放った。

「陰陽頭に相応の報いを」

その言葉に応えるように、梅の枝に蕾《つぼみ》がついた。蕾はたちまち膨らみ、花を咲かせる。花は競い合うようにして開き、たちまち満開となった。

花が開く様を呆然と見ていた陰陽頭は、不意に何かが自分の中から抜け落ちていくのを感じた。花が一つ開くたびに、自分の中の何かが失われていく。

天が裂けるような音がした。じわじわと蝕《むしば》まれるような恐怖も忘れ、陰陽頭は天を仰ぐ。そこには天井があるはずなのだが、視界いっぱいに広がるのは灰色の分厚い雲だった。

灰色ののっぺりとした雲の中に、ぼんやりと青く光る雲がある。よくよく見ればそれは、髑髏《どくろ》に見えた。ぽっかり空いた眼窩《がんか》で、確かにこちらを見下ろしている。

道真公なのか。

陰陽頭は畏怖の表情で雲を見上げる。

「お前は……本物だったのか……」

しゃがれた声で、呟く。次の瞬間、ピシャンという激しい音と共に、天から梅の木へとまっすぐに光が走った。梅の花がぱっと散る。花びらがひらひらと舞う中、陰陽頭がどさりと倒れる。全身を雷に打たれた体は、もう温もりを失いつつある。

梅の木も、雷雲も、呪の言葉も、一瞬にして消えていた。ひび割れていたはずの床も、何事もなかったかのように元通りになっている。

花びらだけが、ひらひらと舞い続けていた。

陰陽頭の体にも降り積もっていく。

晴明は陰陽頭を冷たい目で見下ろす。長いこと追い続けていた敵《かたき》をついに倒したというのに、その顔には一片の喜びもなかった。

「……そう、あなた方と違ってね」

陰陽頭の声に応える呟きは、誰の耳に届くこともなく、苦い余韻だけを胸に残して消えた。

14

美しい満月の夜だった。

欠けるところのない完璧な月。

博雅は酒が注がれた杯を手に、釣殿の柱にもたれ月を見上げていた。

「……いい月だな」

傍らに立つ晴明が「ああ」と答える。

二人は酒をちびりちびりと飲みながら、しばらく無言で月を見上げた。

いまだによく理解できずにいる事件から数日後、博雅は自分の屋敷に晴明を招いていた。

晴明が無事であることは使いをやって確認していたが、実際に自分の目で見るまではどこか不安を感じていたようだ。気づけばすっかり馴染みとなっていた皮肉気な笑みを前にして、博雅は心底ほっとしたのだった。

晴明もまた博雅の命以上に、手のことを気にしていたようだ。

絶対にまた楽を奏でられると言っただろうと偉そうにしていたが、会って真っ先に手のことを尋ねたのは、それだけずっと気にしていたのだろう。

「晴明」

「なんだ」

「俺はよくわからないのだ。あの出来事はいったい何だったんだ」

博雅はずっと聞きたかったことを、晴明にぶつける。晴明はもう随分と杯を重ねているというのに、まったく酔いを感じさせない涼しい顔で「どの出来事だ」と首を傾《かし》げた。

「あれだよ。その……俺たちは、意識の中にいたのか？」

「そうだ」

「龍も、あの戦いも？」

「すべて心の中で行われていたこと。この世は平穏そのものだ」

さらりと言われても、うまく呑み込めない。博雅は「信じられない」と微かに首を横に振った。平穏そのものと言われても、陰陽寮の学生のほとんどが亡くなったと聞いている。心の中の出来事のせいで、学生たちは現実でも命を失ったのではないのか。

「……俺にとっては、意識の中の出来事も本当に起きたことだったし、今、こうしているのも、本当に起きている出来事だ」

「つまり、お前にとっては真実も事実も区別はないってことなんだな」

問われて博雅はほんの少し考える。

「……ない！　お前は？」

晴明は答えない。「それが普通じゃないのか？」と重ねて問うと、晴明はふっと笑った。

「それが普通だな。心の中で死ねば、現実でも死ぬ。意識の中で死んだ学生たちは現実でも死んでいた」

やっぱりどちらも本当に起きたことなんじゃないかと思うのだが、どうもすっきり納得とはいかない。晴明があっさり認めると、それはそれで本当にそうなのだろうかと不安になった。

「俺が死ななかったのは？」

この質問にも晴明は答えない。仕方なく博雅は自分の中にあった答えを口に出した。

「……お前を信じたからだ。俺はお前に助けられたのだ」

俺を信じろという晴明の言葉を、自分は一生忘れないだろうと博雅は思う。笑顔で感謝を伝えると、晴明はにべもなく「違うぞ、博雅」と否定した。

「お前は、お前を助けたのだ」

「そうなのか？」

またよくわからなくなり、博雅は杯をぐいっと呷る。

晴明はふっと笑った。

「真実と事実……主観と客観……お前といるとそんなこと、どうでもいいような気がしてきた。結局、俺達には、今体験しているこれしかないのだからな」

晴明は博雅に向かって杯を少し掲げた。博雅もにやりと笑って、杯を掲げる。

二人は釣殿の真ん中に敷かれた簀子《すのこ》に並んで腰を下ろした。

「そう、今酒を飲んでいる。俺には、これしかないのだ」

博雅はいつの間にか空になっていた晴明の杯に、酒を注ぎながら、上機嫌で言った。

「そして、お前と俺は見えない場所で繋がっているのだ」

晴明も、もう言葉を交わすことも叶わないかもしれない徽子も、見えない場所で繋がっている。こんな風に月が美しく、きっと同じように見上げているのだと思える夜は、そう確かに信じられる。

博雅はうまそうにくいっと酒を飲む。視線を感じて、ぱっと顔を上げると、晴明がじっとこちらを見ていた。なんだと視線で問うと、晴明は珍しく少し面映《おもは》ゆそうな笑みを浮かべ、しみじみと言った。

「博雅、お前は、いい漢《おとこ》だな」

思いがけない言葉に、博雅は思わず笑み崩れる。

釣られたように、晴明も笑った。晴明を年相応の若者に見せるような、そんな柔らかな笑みだった。

夜の清涼殿は昼間よりも荘厳で厳《いか》めしく見えた。

忠行は緊張にその体を強張らせ、内裏の庭に控えていた。

突然、大臣からの呼び出しを受けたのだ。帝の陰陽師についての話であることはわかっていた。前からこの役職が空いたままであることは問題になっていた。誰を据えるか議論しているうちに、陰陽頭と天文博士が亡くなり、さらに二つの空席ができてしまった。

人事をどうするかの相談は急務と言えた。

「陰陽頭と天文博士が亡くなった今、順番としては陰陽博士である賀茂忠行どのが相応《ふさわ》しいかと」

大臣が帝に提案をする。今の順番通りに繰り上げる。それは確かに無難な選択ではあろう。

「どうだ、忠行。私の陰陽師になるか」

帝はあまり興味のなさそうな、軽い口調で直接、忠行に尋ねた。帝の意向で、御簾は上げられている。中庭から帝までかなりの距離があるとはいえ、帝と顔を合わせていると思うだけで、喉がからからに干上がるようだった。

帝の陰陽師になるというのは、これ以上ない栄誉だ。陰陽頭と天文博士を亡くし、多くの学生たちを失い、混乱する陰陽寮を立て直す意味でも、帝の陰陽師を引き受けるべきかもしれないと思う。

しかし、承諾の言葉を口にできず、忠行は口ごもる。

自分よりももっとふさわしい人物がいるではないか。大臣の呼び出しを受けてから、いや、その前からずっと、忠行の脳裏には一人の人物が浮かんでいる。

博士という立場にありながら、事件の最中、ずっと蚊帳《かや》の外だった自分とは違い、その尋常ならざる力で事件を解決に導いたひとりの学生。

いや、もう得業生になったのだったか。忠行は得業生の立場を押し付けられ、嫌そうな顔を隠そうともしなかった男の姿を思い出す。

更なる高みに押し上げたら、どれほどの反発にあうことだろう。だがしかし……。

「どうした？」

帝にうながされ、忠行ははっとした。帝に返事を待たせるわけにはいかない。忠行は意を決して口を開いた。

「いえ、得業生となったばかりですが……私は安倍晴明を推挙いたします」

「晴明か……晴明か」

繰り返された帝の言葉には明らかに喜色が滲んでいた。遠目にも、微笑んでいるように見える。

迷った末に推挙したが、一度口にしてしまえば、これ以上、帝の側に控えるのにふさわしい男もいないと思える。あの男には、今よりもっと大きな活躍の場が必要なのだ。

彼の今後のためにも。そして、陰陽道の未来のためにも。

あとは、どうやってあの男を説得するかだ。これは骨が折れそうだと思いながら、忠行は「安倍晴明を次の蔵人所陰陽師とする」という帝の言葉を静かに待ち受ける。

その顔には何かを企むような、楽し気な、老猾な笑みが浮かんでいた。


もうだいぶ夜も更けてきたが、博雅と晴明は変わらず釣殿の簀子に腰を下ろし、酒を酌み交わしていた。

満月はもう充分に堪能した。

今、博雅は池の水に映る満月を肴に酒を呑んでいた。水に映る朧《おぼろ》げな月は、煌々《こうこう》と輝く空の月とはまた違う美しさがある。

かなり杯を重ね、博雅の顔は赤く染まりつつあるが、同じぐらい杯を干しているはずの晴明は涼しい顔のままだ。

何を話していても、気づけば話題はあの事件のことに戻っていく。

まだまだ晴明に聞きたいことはたくさんあった。

博雅がぼうっと月を眺めながら、晴明に尋ねたのは、龍のことだ。あれらは結局なんだったのか、とずっと気になっていた。

晴明はこともなげに、火の龍は嫉妬の化身であり、水の龍は京の地底湖そのものだと答えた。

「なるほど、火の龍と水の龍についてはわかった。だが、あの徽子女王の金龍はなんだったんだ？」

「知りたいか？」

晴明は少しもったいぶる。博雅は間髪いれず「知りたい」と答えた。

「あれは、徽子女王のお前を思う気持ちだ」

「え？」

思いもよらぬ答えに、博雅は思わず息のような声を漏らした。芯まで回っていた酔いが、一気にさめたような気がする。

そういえば、龍舌、龍眼、龍尾など、琴の各部には龍にちなんだ名称がつけられているのだった。徽子が琴をあれだけ大切にしていることも、何か関係しているのだろうか。

「琴の弦を切ったのも徽子女王の思いだ」

ああ、自分は何もわかっていなかったと改めて博雅は思う。多分、今だってまるでわかっていないのだろう。

しかしもう、博雅も、そして、徽子も選んでしまった。今自分にできることは、彼女を思い続け、彼女の幸せを願い続けることだけだ。

「そういうことだったんだよ」

互いの顔がはっきりと見えないからだろうか。晴明の声が優しい。

「そういうことだったのか……」

今にも泣きだしそうな顔で、博雅は微笑む。

「……博雅、笛を吹いてくれないか」

「どうした？」

偉そうに命じることはあれど、晴明が何かを頼むのは珍しい。晴明は少し照れたようにふっと笑った。

「たまにはそういう気分になるのも悪くないと思ってな」

博雅は袂《たもと》から笛を取り出し、口に当てた。

柔らかく澄んだ音が響く。

晴明は杯を揺らしながら、じっと耳を澄ませている。

自然と選んでいたのは、徽子と何度も合わせた馴染みの曲だった。聞こえない音を探してしまいそうになる。しかし、気づけば、自分の音で世界は十分に満ちていた。心がほどけていくのが音で伝わるのか、晴明もいつしか微笑みを浮かべている。

遠くで、リーンリーンと虫が鳴いた。

あれは鈴虫だろうか。

夏がゆっくりと終わろうとしていた。

文春文庫

陰《おん》陽《みょう》師《じ》 0《ゼロ》

定価はカバーに表示してあります

2024年4月10日　第1刷

原作　夢《ゆめ》枕《まくら》獏《ばく》
映画脚本　佐《さ》藤《とう》嗣《し》麻《ま》子《こ》
発行者　大沼貴之
発行所　株式会社 文藝春秋

東京都千代田区紀尾井町3-23　〒102-8008
TEL 03・3265・1211㈹
文藝春秋ホームページ　http://www.bunshun.co.jp

落丁、乱丁本は、お手数ですが小社製作部宛お送り下さい。送料小社負担でお取替致します。

印刷・TOPPAN　製本・加藤製本　Printed in Japan
ISBN978-4-16-792201-6